母爱之殇

王 英 著

浙江工商大學出版社
ZHEJIANG GONGSHANG UNIVERSITY PRESS
·杭州·

献给外祖母的在天之灵。

——作者

序

贺绍俊

　　中国在 20 世纪经历了长达十四年的抗日战争之苦，这是中华民族的一段悲壮的历史。对于中国文学来说，这也是一笔重要的写作资源。从日本军队入侵中国起，中国的作家就开始拿起笔进行书写，由此也产生了不少重要的文学作品。但坦率地说，中国的作家还是有些愧对中国人民所进行的这样一场决定民族存亡和捍卫民族尊严的伟大战争，因为至今还没有一部以抗日战争为主题的小说能够傲然耸立在世界文学之林，或与自"一战"以来其他战争文学经典如《永别了，武器》《静静的顿河》《铁皮鼓》等相媲美。这应该是中国现代文学的一大缺憾。我曾在一篇文章里专门讨论过为什么会存在这一缺憾。我说："抗日战争一直是现代文学的重要题材，但也是一直让人们感到难堪的题材，这场关乎民族存亡的战争历经十四年，可歌可泣，虽然也留下了不少小说，然而真正令我们感到骄傲的作品几乎没有。检讨我们的抗日战争题材文学作品，为什么不能出现精品力作，一个重要的原因就是在我们的战争叙事中设置了层层铁丝网。"这层层铁丝网包括意识形态化、固化的英雄主义基调等多方面的内容。但可喜的是，近些年来作家们在创作抗日战争题材作品上显露出明显的突破迹象，作家们已经感觉到铁丝网的束缚，纷纷想出办法来冲破铁丝网，于是丰富的抗日战争文学资源逐渐得到新的开掘。即便如此，当我读到王英的《母爱之殇》时，还是大大地吃了一惊，我没想到，她能找到这样一个角度去观照抗日战争这场灾难带给中国人民的难以磨灭也难以启齿的影响。她就像是匍匐在地上小心地从铁丝网的缝隙中穿过，这个过程虽然艰难，但她终于触摸到铁丝网外绿草葱葱的新地！

小说的主要内容看似与抗日战争题材无直接关联，而是写外婆的人生经历。外婆就像众多传统的中国女性一样被当成了生育机器，她到三十二岁时已为外公生了十四个孩子，因养不起这么多的孩子，外公就一一将后来出生的孩子送人或丢弃。外公的行为无疑对外婆的心灵造成了极大的伤害。后来外公弃外婆而去，在颠沛流离的生活中外婆成了一个流落在郊野的疯女人。所幸的是，另一位男人救了她，并与疯癫的她一起生活了一辈子。读者在阅读小说时，一定很想知道外婆为什么一直无法从疯癫的状态中走出来？为什么身边有一位那么体贴她的男人，但她还是摆脱不了内心的痛苦？为什么最后竟然要以一种极其残酷的方式自杀死去？……作者似乎不想让读者过早地洞悉事实真相而受到心理打击，直到临近小说的尾声才把真相告诉读者：真相与抗日战争直接相关！外婆在抗日战争期间被一个日本侵略者强奸，后来怀上了他的孩子并生了下来。外婆因为这个孩子遭受了常人难以想象的身心之苦，这才是外婆一生始终处于疯癫状态的关键。正是这一笔，我感受到了作者挑战习惯性文学思维的勇气。毫无疑问，在战争环境中，许多不合常理的事情往往都有可能发生。被侵略者强奸并生下侵略者的后代，这就是一个现实存在的事实。当年的越南战争，有不少美军强奸了越南的妇女，在越南留下了一大批美越"混血儿"，当战争结束后，这些"混血儿"竟要去美国寻找父亲，由此而产生了美越两国之间的一桩烦恼事。在我的印象之中，这一现象也被美国的作家和艺术家写进了他们的文艺作品之中。中国的抗日战争长达十余年，相信发生这样的事情不会少，但几乎还没有哪位中国作家敢去触碰这一话题，因为它的确太敏感。它不仅涉及对侵略者的揭露，也涉及对一位曾被侵害母亲的心理把握。这二者似乎又很难统一到一个价值判断的体系之中，甚至稍有不慎，就会触犯已经形成的对于抗日战争认知的公众情绪。王英不仅敢于触碰这一题材，而且还把它作为一个核心情节。在她看来，这是最令人悲痛的"母爱之殇"。母爱是神圣的，而在现实中母爱也是经常被伤害和凌辱的，从而造成"母爱之殇"。也许各种各样的"母爱之殇"都会获得人们的认同，但外婆所遭遇到的这种"母爱之殇"，却难以得到人们的同情，她本人也只能一生默默地承受并无法诉说，她在年迈之际仍然以结束自己的生命为代价寻求解脱，就是因为她的内心实在不能承受这巨大的精神压力。王英不希望外婆将巨大的"母爱之殇"永远地带进坟墓，她要替外婆发出呐喊，让人们都意识到，抗日战争所带来的"母爱之殇"是何其残酷！王英的文学勇气可佳！

　　王英在这部小说里所揭露的抗日战争的"母爱之殇"，无疑为抗日战争书写在原有的关于民族主义和爱国主义的基本主题的基础上提供了开拓的空间。其实不仅是抗日战争，也包括所有的战争，也就是说从战争描写的角度来说，都需要作家进行开拓性创作。几十年前我曾集中看过一批日本反映"二战"的电影，记得有这样一个情节：一群日本人在战败之际躲进了一个山洞里，大家在洞里屏住呼吸，不敢发出半点声响，因为洞外就是荷枪实弹的军队在搜索。突然一位母亲怀里的孩子哭了起来，哭声很有可能招来军队，这让众人无比恐慌，大家都把目光投向这位母亲。目光里不仅有恐慌，也有愤怒和威胁，母亲在众人目光的压力下，不由自主地捂死了怀里的孩子。孩子的哭声消失了，人们感到安全了，而这位母亲也疯了！我已记不住这个情节出自哪一部电影，但它却被我牢牢记住了，因为它是那样地震撼人心，电影艺术家所表现的同样是"母爱之殇"。但这部影片只是借这一"母爱之殇"来揭露战争之残酷，至于"母爱之殇"本身就没有去探讨了。而今王英所要探讨的恰恰是"母爱之殇"本身。可是，真要探讨"母爱之殇"本身，就会发现它太复杂，因为它把看似相互冲突、相互悖谬的东西都搅和到一个盘子里了。但是，作家是人类灵魂的守望者和形塑者，当人性受到伤害、灵魂陷入迷茫时，作家都会奋不顾身地站出来，哪怕他们一时还无法引导灵魂走出迷途，但他们的存在就宛若点亮了一盏灯，让人们有了辨识方向的可能性。王英在这部小说里写出了战争状态下一种残酷的"母爱之殇"，如何避免这种"母爱之殇"，如何补救这种"母爱之殇"，最终王英也难以给出明确的答案，但从她充满激情的叙述里我们也会获得很多的启发。至少，我不会忘记小说中母亲所说的一句话，当母亲得知那个日本孩子利波纯二还活着时，她喃喃自语道："孩子是无辜的。"也许我们还可以再加上一句：母爱是无边的。

2017 年 10 月 23 日

（本序作者系著名文学评论家、中国当代文学研究会副会长、沈阳师范大学特聘教授，原《小说选刊》主编，曾获鲁迅文学奖全国优秀文学理论、文学评论奖）

1

外婆家的亲戚来我家报丧时，我正和街坊邻居的一群小伙伴全神贯注地聚在一棵老槐树下斗蟋蟀，那两只蟋蟀发了疯似的朝对方进攻，一时间斗得兴起，相互厮咬得厉害，观看者你挤我推全然不顾踩痛旁人的脚，挥舞着拳头高声喊道："咬它！咬它！"

那年我所居住的小镇异常炎热，就连鸡也受不了那份酷热，全都展开翅膀，竖着红红的鸡冠，将头伸得老远，嘴里不停地"咯咯咯咯"叫着；鸭子整天泡在河里不肯上岸，主人不时捡起石子，一边朝它们掷着，一边吆喝，那吆喝声越响，它们就游得越快，一点也不听主人叫唤。邻居家的一条狗趴在树荫下吐着湿漉漉的舌头，我一生气用脚踢了它两下，但它懒得朝我看一眼，只是稍稍挪动一下身躯，仍不肯将那片树荫让给我。

正在我不耐烦之时，我的耳朵忽然被人拎得生痛，起初我以为是小伙伴们因为我挡住了他们的视线，而企图将我拉扯到一边，于是头也不抬地举起手就往耳边掸去，我以为这下解决了问题，岂知，没等我的手放下，那只手竟然又不依不饶地扯住我的耳朵。这可把我惹火了，我一下转过身，瞪大眼睛扯起嗓门吼道："你究竟想干什么？！"

"问我想干什么，哪个女孩像你一样喜欢跟人斗蟋蟀！"眼前原来是母亲。她边说边拉起我的手就走，也不顾我愿不愿意。她的身后似乎还跟着一个人，我定睛一看是堂姐。

起初我还有点不太情愿跟着走，一看是堂姐，我的心情马上好转，随口叫了她一声。奇怪的是，堂姐不像往常来我家时那般笑逐颜开，只是冲我微微点了下头，就跟在我母亲身后"踢踏踢踏"朝我家的方向走。堂姐与我外婆家同住在一个乡，离我外婆家有六七里地。她家我去过，也在农村。她的突然到来和那严肃的神情令人生疑。我隐约感到事情有点不妙。在我眼里，大人们的脸就像是气象预报，晴雨全写在脸上。

我和母亲借居在武思镇嘉木街一条叫林家弄的一幢老房子里。这条弄堂不长，也就一百米左右，有八十多户人家，房屋很古老，有百年以上的历史。差不多每户人家都有一堵高高的围墙，秋天一到，墙上开出一丛丛黄色的花朵。我家就在弄堂左侧用石头垒成的围墙里，用一扇黑漆门与外界隔开。

果然一进家门没等母亲招呼坐下，堂姐就迫不及待地站在木格窗边的桌子旁，用急切而忧伤的语调说："你的外婆死了。"

外婆死了？这怎么可能呢？空气似乎顿时凝固了，仿佛一桶冷水将我从头淋到脚。我的嘴巴张得老大，母亲像遭雷击似的惊呆了。就连蔓延在窗外的爬山虎此刻也仿佛停止了晃动。

几天前，我刚从外婆家回来，那时的外婆还好好的。虽说她身体有病，但经检查也没什么大毛病。医生说，她只是身体十分虚弱，睡眠不好，回家静养些时日就会好起来的。正是这个原因我在外婆家待了没几天就被母亲带回了家。在母亲看来，外婆身体好时我可以多待些时日，外婆身体不好的话我待在那里反倒有碍他们的生活。外婆健康时很喜欢跟我在一起，通常我也会在外婆家待到寒暑假结束。我知道母亲生怕我在那里会打扰因外婆卧床而已经够忙乱的家，可我万万没想到这一别竟成了我与外婆永远的诀别。

外婆死了，她死于非命。她是自己用一把锤子将一枚二寸半长的钉子敲进脑门而死的。母亲听到噩耗时，眼睛紧紧盯住来我家报丧的堂姐，神情呆板。望着她那呆若木鸡的脸，我一屁股坐在板凳上自言自语地说："外婆疯了。"

"什么？"母亲一下转过头激愤地对我说，"你疯了！"

但我仍像没听明白似的凝望着她："外婆是疯了！"

"啪！"我的脸颊重重地挨了母亲一巴掌。我吃惊地望着母亲那张已经被痛楚扭曲得变了形的脸，似乎不明白平素温柔如绵羊般的她，怎么会一下变得如狼般的凶狠。我用手抚摸着自己疼痛的脸颊，想起平日里疼我像宝贝似的外婆，大叫了一声："外婆，我疼，疼死我了！"

"谁让你说疯话，哼，谁让你说外婆的坏话？"母亲尽管也感受到打疼了我，但仍不断大声责骂我，以减轻压在她心头那份失去母亲的悲痛。她一只手撑着桌子，一只手在半空中挥舞，两眼紧盯着我，神情变得异常可怕，仿佛要将我吃掉似的。

"不，外婆是疯了，不，是你疯了！"我语无伦次地继续与母亲抗辩，但结果反而事与愿违，越辩越糟糕。花季年龄的我，凡事都想弄明白是非曲直，该是什么就是什么，看问题就像是面透明的玻璃，讲一句话就像扔一块石头足以把虚伪的镜子打个粉碎。看得出来，母亲的情绪比先前更加糟糕了，她凶狠地对我吼道："滚！随我一起去你的外婆家，看看究竟是她疯了，还是你疯了。"

天哪！我想，母亲真的疯了。

2

　　外婆疯了。

　　母亲也"疯"了。

　　我认为自己是完全清醒的。清醒的我，随母亲乘上了去盐官的长途汽车。我坐在靠窗的一个位子，母亲与我并肩而坐，堂姐一声不吭地坐在前排。汽车行驶在犹如长蛇般逶迤的沪杭公路上，窗外的树迅速朝后退去，这条数十年前铺就的石子路弯曲颠簸得厉害，这种让人难以忍受的颠簸将母亲的脸颠得犹如天空飘浮着的云越来越阴沉，似乎再也找不到往日里她那慈祥与和蔼的神情。我心里很不安，不明白她怎么会一下变得如此可怕，如此陌生。我在车上不时看一眼母亲的脸色，仍无法猜度到母亲此时究竟在想些什么。我觉得外婆、母亲和我有着相同的血缘，但由于各自的身份与所处的年代与经历差异太大，对一件事情往往很难思考在一个点上。关于外婆，我对她的了解起初只限于浅层的表象而已。

3

　　初次见到外婆是在 1962 年夏季的一个上午，那时我才七岁。在此之前，母亲从未在我面前提起过外婆，因此当我与邻家的孩子玩耍时，听到他们各自诉说自己外婆的种种故事时，我的内心不免感到有些困惑。我不知道"外婆"的称谓在亲属中究竟是一个什么样的角色，"外婆"的形象在我脑海里是个空白。

　　小伙伴们诉说各自外婆时流露出的那种得意忘形的神色，令我十分羡慕。有一次，我忍不住屁颠屁颠跑回家对着母亲发问："他们都有外婆，我怎么就没有呢？"母亲听后，愣了半晌，然后叹口气无奈地说："你有外婆，只是我不知道她现在在哪儿。"这怎么可能，她居然不知道外婆在哪儿？在我不停地追问下，母亲才神色怅然地告诉我，她从小就被父母送给了人家，以后又多次被转卖，以至根本不知道自己的亲生父母现在究竟在哪里，还在不在人世。她的话，令我感到震撼的同时也产生了强烈的好奇心。此后的日子，猜测外婆的长相和现在她究竟在哪儿便成了我挥之不去的念想，而在我脑海中对外婆竟产生出很多种形象，每种形象都随着我主观的想象而变化着：高的，矮的，瘦的，胖的，慈祥的，凶狠的，平易近人的，郁郁寡欢的。俗话说，日有所思，夜有所梦。或许是想多了的缘故，我的梦中常常会出现外婆的身影。梦中的外婆身穿一件纯白色衣裳，一头乌黑的长发，宽大的衣袖就像一对舞动的翅膀，从天上徐徐降落，破窗而入，然后轻轻地飘落到我床前，慈祥又和蔼地凝视着我。可惜的是，我始终看不清楚她的脸。这种梦，我反反复复做了好多次，有一次我忍不住对母亲说了，母亲并不感到惊讶，她说梦里的情景往往是相反的，你看不清，反倒说明你很有可能会见到外婆了。听了她的话，尽管知道母亲是在哄我，但不知怎么，我的心灵深处就像被什么东西弹拨了一下，有一丝说不出来的安慰，瞬间多了一份期待，直到有一天外婆的出现。

天阴沉沉的，外面下着倾盆大雨，打得屋顶上的瓦片"吧嗒吧嗒"响，我趴在家中客厅的八仙桌上埋头做作业。我正在上幼儿园，老师教的也只是"大小多少上下来去"这些字，这在大人眼里看起来很简单的事，对于我这个年龄的人来说书写起来还是显得有些困难。就"大"字来说，起初父亲抓住我的手一横一捺地教，后来看我还是写得歪歪斜斜，他气不打一处来，说做人首先要写好"大"字，倘若连"大"字都写不好，以后做人也不会怎么样。望着他那张气鼓鼓的脸，我心里很不服气，心想就算你字写得好可又怎么样？还不是待在家啥事也不干，光知道看书，也没见你看出个名堂来。虽心里这么想，但我却不敢说出口，说了怕挨他的拳头。江南雨水多，每逢发大水，河水就会漫过河滩、街面和我家的门槛，没过人的脚踝。遇到这种情况，通常大人们心里都烦，一边拿着水桶、脚盆、脸盆往外舀水，一边嚷嚷着埋怨天。唯有我和左邻右舍的小伙伴们，一边帮着舀水，一边嘻嘻哈哈地相互打着水仗，乐得不可开交。

我自己的家住在武思镇的东小街，离镇中心有五里地远。

街道很窄，只有尺余宽，屋檐与屋檐间距很小，几乎触手可及。晾衣服时，每户人家都喜欢把自家的竹竿搁到对面人家的瓦楞上，五颜六色的衣服一排排悬挂在街道的上空，风一吹如同彩旗般迎风飘扬。遇到有什么事，我和邻居家的孩子通常喜欢写个纸条放在竹篮里，用竹竿穿着，搁至他家的窗台上，彼此看到后都会迅速将纸条拿到手，这种联系方式既快捷又隐蔽。孩子们经常使用，既可以避过大人们的眼睛，也可以保守孩子们的小秘密。一条青石板铺就的街道笔直地朝前延伸着，两旁鳞次栉比的房屋全都是江南风格的民宅，清一色的木格窗让整条街看上去格外古老，显得十分宁静和幽深。

街西边有一弄堂，边上有条长年流淌着清水的水沟，沟边生长着许多不知名的野花杂草，随着季节的变幻绽放着各种不同色彩的花。一到春天，我喜欢坐在沟的这边，然后将身子前倾至沟的对面，隔着水沟挑着野菜和马兰头。每逢路人走过，他们就会朝我嚷嚷："小心掉进沟里！"我听到后就会转过头去朝那人笑笑，接着又埋头挑起野菜来。在我眼里这只是一条水沟，有什么可怕的，就算掉下去也淹不死人。我还会做出更胆大的事呢，我时常会到坟地挖野菜，不知什么原因，通常那里的野菜和马兰头长得梗子长、叶儿嫩，采来洗净后，在锅里放上菜油炒着吃，也可用开水焯一下，放上麻油拌着吃，还可用水焯后晒干，放至夏季淋上菜油，切些豆干丝蒸了吃。我认为穷人家的孩子有自己的活法，会节俭着过日子，比起富裕人家的孩子更懂得如何持家。母亲因此为我感到自豪，在她看来，穷人家的孩子自幼就要懂得如何持家。

其实我家不住西头，也不住东头，而住在东小街的中央，在河的上游。我家不算大，有三楼三底，粉墙黛瓦。据说这幢老宅是我家祖上传下来的，传至我父亲手里究竟有几代谁也说不准。临街底楼是客厅，摆放着一张红漆八仙桌、四把雕花椅，或许是年代久远的缘故，这些东西被主人擦得几乎照得出人影。桌上摆着一茶盘，里面放着一把紫砂壶和几只杯子。前厅与后屋之间隔着一堵墙，墙上贴着一幅伟大领袖的画像，其头戴八角帽，上面有一颗五角星，满脸笑盈盈的。三个黑漆书架靠左墙而立，里面放着各种图书。不要以为这些书是我家的全部藏书，其实不然，父亲将更多的书藏在自己卧室床底下的几只大箱子里。那里的书父亲从不轻易示人，对我也一样。有一次，我趁他不备偷偷取出箱子里的书，躲在自己房中翻看，被发现后他狠狠教训了我一顿。此后，他在箱子上加了一把锁，锁是铜的，呈长方形，上面长着一层铜锈，泛着比我的年龄不知大多少倍的青色锈斑。很长时间里他不让我翻动，好几次，我趁他不备，爬进去试图用榔头敲开箱锁，无奈那把锁坚固得犹如监狱的门锁一般难开。我不知道父亲为什么对我也设防。其实当时我还年幼，根本看不懂书里面的内容，我长大些时，才知道那些书被称为"毒草"，是"毒草"就得除掉。果然这批书后来没能逃过一场政治运动，被人搜去扔到火里烧了，父亲因此吃尽了苦头。

后屋餐厅的墙壁上悬挂着一幅青菜、萝卜的国画，画面逼真的线条细腻流畅，栩栩如生，来我家玩耍的人看了都喜欢。我不知道这幅画出自哪位有名望的画家之手，问父亲，他说我还年幼，就算讲了我也不懂，我一听也就不再发问。

屋后有一庭院，面积约五十平方米。庭院内种有一棵枣树，左墙角长着几株凤仙花，花有粉色的，也有大红的，花朵悠悠地开着，煞是好看。还有几盆种类不同的花一溜儿摆放在墙跟前，红、黄、白色的花朵，各自竞相绽放，将庭院点缀得富有生气。打开庭院的后门，就可以看到外面的院子种着许多庄稼，品种随着季节的不同而变换，番茄、茄子、玉米、毛豆应有尽有，这全是我母亲的成果。只要有时间她就钻到地里捣鼓，她头上扎一块蓝印花巾，手里握着把锄头，好像永远有干不完的活。很多时候，我和哥哥也跟着她大呼小叫地在地里钻进钻出，帮衬着她干点力所能及的活。实在闲着没事就蹲在地上挖蚯蚓，看蚂蚁打架，捉树上的毛毛虫玩。院墙上爬满恣意伸展的常春藤，叶茂枝繁，碗口粗的一根枝条穿过砖墙攀沿至老宅的外墙上，远远望去就像一块绿色的屏幕在阳光下泛着光亮。

父亲不爱干活，只喜欢读书。这样一来，全家人的生计全仰仗母亲做临时工来维持。父亲整天无所事事地坐在家中看看闲书，听听广播，喝喝老酒。许是他喜欢读书的缘故，所以我家的藏书不下数千册，在当时我居住的这条街上藏书数量绝对算多的。我家自打祖辈开始家道中落生活就相当拮据，我不知道父亲这些书究竟是通过什么方式获得的。也正是这些书的缘故，家里几乎天天有人来，来的人中有与父亲聊天的，也有与之下棋的，大部分人是冲着那些书来的。父亲表面看上去很好客，其实他骨子里很小气，往往只允许他们在我家翻阅图书，决不外借。有时人多了，客厅、厨房，甚至庭院里都坐满了人，他也不觉得烦，只是笑嘻嘻地叮咛："看后物归原处。"对他的这一做法，我有点不解，他对我说："什么东西都可出借，唯有两样不可以：一是书籍，二是牙刷。"想想也是，前者借出去的大半收不回来；后者就算收得回来，你自己还会用吗？那天或许父亲认为雨太大不会有人来，便叮嘱我好好写字，他自己却溜到对面的小酒馆里跷着二郎腿喝酒去了。

突然，从外面闪进来一个人。她约莫五十岁，穿一件蓝色的斜襟布衫，一条灰色的大脚裤下，着一双黑色的圆口布鞋。齐耳短发，鹅蛋脸，肤质白皙细腻，很是漂亮，尤其是那双大而乌黑的眼睛深邃莫测，透着一种让人难以忘怀的忧郁。她左手执一把深褐色油纸伞，右手挎个粗布格子包裹。许是雨太大的缘故，伞滴下的雨水顷刻淋湿了一地。

"宝花在这儿住吗？"她询问着，语气中带着疑虑。

我和她的目光轻轻触碰了一下，心一动，觉得她似曾相识，又好像从没见过。我没吭声。

她见我不吭声，呼吸一下变得急促起来，说："她在家吗？"

我摇了摇头。

"我是她母亲。"她忽然对我说。我对她的自我介绍感到有点莫名其妙，继续毫无感觉地望着她发呆。她又说："你是宝花的女儿吧？"

我听到后，点了点头。

她很兴奋地说："你叫我外婆！"

"外婆？"这两个字如闪电般开启了我的思维，我想到了平日里与邻家小孩玩耍时他们对我谈起自己外婆时兴高采烈的神情。我惊醒过来，说："你在这儿等，我去去就来。"说完，我搁下手中的笔，一把夺过她手中的伞，蹦出家门，撑开雨伞，一阵风似的跑去了母亲的单位。

母亲的单位离我家不远，仅五分钟就到。

此刻她正埋着头，全神贯注地编织着箩筐，手中的篾竹犹如彩蝶般在空中飞舞，丝毫没觉察出我的到来。母亲在竹器社上班，平时她的工作就是编箩筐、打竹篮什么的。竹器社实行的是计件制，也就是人们通常所说的多劳多得，所以她一天到晚坐在那儿忙着编织。母亲美丽聪慧，就编织竹器的质量而言，在单位她是数一数二的。不仅速度快，编的箩筐还特别让人瞧得上。为此，单位里的人除了羡慕还有点嫉妒她。

"外婆，外婆……"我站在母亲面前，一只手不由自主地指着门外，上气不接下气地说。

母亲先是一愣，随即像明白了什么似的，扔下手中的活迅速站起来，一把夺过我手中的伞，一言不发地拉上我冲进雨里。一路上，她的脚步跑得飞快，丝毫没顾及我是否跟得上，雨水溅了我一身，她好像浑然不觉，继续拉着我往前跑。

　　一会儿，母亲就带着我急匆匆地赶到了家。来者见我们进门，慌忙从凳子上起身，那陌生的妇人与母亲四目相对，双方似乎都在努力从对方脸上寻找着什么，在长久的凝视之后，那位自称我外婆的女人神情紧张地问："你叫×××吗？"

　　"是啊！"母亲答道。她叫的好像是我母亲的小名，弄得我有点丈二和尚摸不着头脑。看得出来，母亲显得很激动，似乎是什么唤醒了深藏在她心底的那个秘密。还没等她再开口，对方就把手中的包裹一扔，喊着："我苦命的女儿啊！"便张开双臂朝母亲搂去，几乎同时，母亲也将手中的伞一扔，扑进那妇人的怀中号啕大哭。我怯怯地望着她俩，不知如何才好。过了许久，母亲才想起我来，将我推到老妇人跟前说："这是你外婆，快叫呀，叫外婆。"

　　面对从天而降的外婆，我一时有些不知所措，略显羞涩地叫了一声"外婆"。

　　这叫声很轻，如同蚊子的"嗡嗡"声，然而，外婆俯下身，一把将我抱起，把我紧紧地搂在她怀里，不管我愿不愿意，怕不怕生，使劲在我的脸上亲了又亲，就这样，我有了自己的外婆。

　　事后，母亲将事情的原委告诉了我，我这才知道母亲十一岁那年就被外婆送给人家当干女儿，从此，一别就是二十多年，杳无音信。

4

当晚母亲和外婆睡在我的房间。我的房间临街,面积不大,才十多个平方米。布置得也很简单,一张床,一把椅子,还有一张书桌,书桌上摆放着几本小人书。旁边搁着一只箱子,用来放我的衣服。

说起小人书,曾发生过这样的事。有一天,我吵着让父亲给我糖吃,父亲嫌我吵就拿小人书哄我,说让他忙完这一阵子,就给我买糖吃。岂知我看了没几页就被书中长着三根头发的"三毛"所吸引,坐在板凳上看得津津有味。父亲瞧我这般模样,很是欣喜。其实正是在他的熏陶下,我喜欢上了书。上了小学,我才得知,父亲给我看的书名叫《三毛流浪记》,作者叫张乐平,我觉的张乐平真是了不起,我这个一字不识的孩子,居然也能够看懂他画的书。

外婆临睡前翻了翻书,她大字不识一个,还向我请教上面画的是些什么。我一听,就神气活现地告诉她,还将我在班里学习成绩排第一的事也跟她说了。外婆一听,更加喜欢我,说一看就知道我很聪明,这使我很是得意。

母亲打算与外婆一起睡我的床,并且在我床对面临时搭了一张铺让我睡。看着她俩同睡一张床,我自然也不肯相让,死活要与她俩挤在一起。母亲开始不太乐意，认为我是"人来疯"，一见到陌生人就"骨头轻"。外婆却说，那是因为我和她亲，所以才不怯生。她这么一说，母亲也不好再阻拦，只好看了我一眼说："就你事情多，来了人也不让我省心。"听了她的话，我心里有种说不出来的得意。天上掉下的外婆，居然会帮着我说话，这让我很开心，要知道，在我们家大小事情都由父亲做主，就连母亲说了也不算。其实她不明白，我虽说人小，但心眼可不小，我很想偷听她俩的谈话，尤其是外婆讲的话。我想知道，外婆大老远的怎么会辗转找到我母亲？她家在哪里？之前做什么？为什么把我的母亲送给人家？……

果然，一躺下，母亲就迫不及待地询问外婆。

外婆说，从我母亲与她失散那天起，她就一直在寻找，不知找了多少地方，打听了多少人，磨破了多少双鞋，受了多少磨难，找了多少年，直至今天才终于相逢。我母亲的形象，从外婆与之失去联系后就时时刻刻缠绕在外婆心里，她始终相信，只要我母亲活着，她就一定能找到她，她会穷尽一生努力去寻找……她俩说着，一会儿哭，一会儿笑，听得我心里很不是滋味。起初，我一声不吭地听着，夜深了，一阵倦意袭来，我迷迷糊糊地睡着了。奇怪的是，那晚我仍做梦，只不过做的梦与往常有所不同，梦中，我看见外婆从天而降，飘然而至，手里捧着个洋娃娃，见到我就递给我，我开心地接过来，搂在怀里亲了又亲。

次日清晨，我醒来，见外婆站在我的床前，笑眯眯地凝视着我。在她的身后，几缕阳光透过木格窗的缝隙斜斜地照了进来，把箱子上的铜拉手映得金灿灿的，并把她不再年轻但仍保持着娇好体态的轮廓显露得十分美丽。她告诉我，昨晚我睡得可香了，两条腿全搁在她身上，两只手紧紧地搂着她。我忽然想起梦中的情景，心想，原来我搂着的不是洋娃娃，而是外婆，我的心中瞬间涌起一股不可名状的暖流。

从那时起，我与邻家小孩玩耍时，便也自豪地有了关于自己外婆的谈资。而关于外婆的一些经历，则是以后从母亲断断续续讲述中才得知的。

5

　　外婆的老家是在海宁华家埭，那个地方盛产稻米、棉、丝绸、麻。她的父亲姓邢，父亲祖上是从什么地方迁至华家埭的，无从得知，只知道祖上留给她父亲一幢三楼三底的房屋。那房子和普通农家的房舍没什么两样，粉砖黛瓦，典型的江南民宅，屋后有个池塘。不同的是，她的父亲喜欢在屋前屋后及池塘边种些桃树、梨树、柿子树什么的，还根据不同的季节种植各种草药。因此屋里屋外总是开着不同类型的花，五彩缤纷，使四周的环境很有情趣。每到收获季节，外婆的父亲总喜欢和我的外婆一起从果树上摘下各种果子，去十里地远的新仓镇上赶集，逢运气好卖上个好价钱，他就会给女儿买上一块她喜欢的花布，扯上几尺红头绳。瞧着宝贝女儿满心欢喜的样子，做父亲的心里就乐开了花。平时言语不多的他，此时就会忍不住喃喃地说："喜欢就好，喜欢就好。"

　　外婆的父亲是当地一位颇有名气的老中医。膝下只有外婆一女，其实他前后共有过五个孩子，后来病死的病死、溺水的溺水，只剩下外婆这根独苗，因此，父母对她宠爱有加。外婆在五个孩子中，排行第三。年轻时的外婆是当地的一等美人，苗条的身材，一根粗长的大辫子挂在背后，走起路来一甩一甩的，很招人眼球。最让人销魂的是她那双让人见之难忘的丹凤眼，那眼睛水灵灵的，十有八九的小伙都会为之神往。加上家务农活，她里里外外样样在行，村里村外的小伙都恨不得娶她做老婆。外婆当时有意与村里的一位小伙相好，可她父亲死活不答应。在他看来，村子里的小伙子都只是以务农为生，农民只能靠天吃饭，如遇上天气不好，就会影响收成。这种靠天吃饭的本领在他看来都不是真本事。手头有门技术活，不论刮风还是下雨都不妨碍赚钱养家，这才是真本领。因此，他决意要为女儿找户好人家，让她一生过上丰衣足食、人见人羡的好日子。外婆是个孝顺女，自然不想让父母伤心，也就依顺了父母对自己婚事的选择。她把父母的想法对那位青年坦率说了，他只好作罢，心里却非常难受。在那个年代，谁又敢违抗父母之命、媒妁之言呢？就在她十六岁那年，父亲将她嫁给了从苏州开往宁波的一艘货运船上的一位船老大。

那船老大姓沈，比她整整年长二十岁。因为他长年漂泊在各个码头之间，自然碰不上自己中意的人，始终没有成家。那天，当发髻上戴着一朵红花，脚裹成一双三寸金莲的媒婆颤巍巍上船给他做媒时，他还有点犹豫。他的犹豫源自对未来另一半的长相很在乎。按理说，像他这般年纪的人，应该考虑的是现实多于梦想的东西，可他偏不，他说，他可以容忍另一半不太会做家务，却无法容忍她长得不漂亮。还说，漂亮虽说不能当饭吃，但不漂亮的女人在他面前会让他吃不下饭。他怕自己稍不留神就会落入媒人给他做好的圈套里，找个既不耐看又不贤惠的女人。或许正是因为这个原因，他的终身大事才一拖再拖，到了这般年龄也没碰上个称心如意的女人。俗话说，缘分属天定。当他耐着性子听那一张嘴就能把死人说活、把活人说死的媒婆介绍完我的外婆时，竟然像吃了秤砣似的铁了心，要媒婆立马约见我的外婆。他那种与生俱来的喜欢驾驭人的强势，让媒婆一时发了呆，一生中她不知给多少人做过媒，却从没遇到过他那般强势和心急的人。

我外婆家离停靠船只的码头不算远，大约有五里地。媒婆急呀，心越急脚步跑得就越快，好不容易到了我外婆的家。外婆的父亲在堂屋里接待了她。听罢媒婆的话，他倒没啥想法，只是觉得男方性子急了点，但他转而又想，这种态度不就表现出其对女儿的诚意吗？凡事只要对方有心，他觉得事情也就成了一半。于是，他立马一拍桌子做了决定：应允他。但他同时又觉得男方得按老规矩来，选个黄道吉日，送上聘礼，再与小女拜堂成亲。还有一个重要的因素，就是他得知这位提亲的船老大双亲都已不在人世，在他看来，这样的好事打着灯笼也难找，自己膝下只有女儿而没有儿子，未来的女婿岂不就成了自己的儿子？

这么一想，轮到他急了。媒婆一听，乐见其成，立刻定下了成亲的日子。眼看自己又成全了一桩婚事，媒婆乐得顾不上方才路途的劳累，又踩着泥泞的路赶紧给船老大报信去了。

这一来一去，就促成了我外婆与外公的姻缘。

三天后，我的外公终于怀揣着对未来美好婚姻生活的憧憬，乐呵呵挑上丰厚的聘礼，登了我外婆家的门。

我外婆的父母见了他，觉得也算满意。他长得人高马大，相貌堂堂，五官端正，虽说皮肤黑一点，但行为举止还入眼。次日，在四方村邻热热闹闹的祝福声中，我的外公与外婆拜过天地、列祖列宗、高堂后结为夫妻。当晚在众人的簇拥下欢天喜地进了洞房。

新房在楼上西厢房，面积不大，约十五平方米。深褐色的木格窗和横梁上都贴着大红的喜字，这都是心灵手巧的外婆亲手剪贴的。房间中央摆放着一张墨红大床，镂空雕花。靠墙一角，堆放着外公送上的聘礼。桌上两根红烛在燃烧，不时爆出"吱吱"的声响。

外公嘴上喷着酒气，怀着忐忑不安的心情，掀开盖在新娘头上的红头巾时，就被外婆的美貌惊呆了。

她，一身红袄红裤，粉嫩的脸蛋如含羞草般羞涩，真是貌若天仙。在众人的哄笑声中，乡里乡亲热热闹闹地闹起新房。两小时过去，待前来闹新房的乡亲们一走，外公的眼神就再没离开外婆的身影。

这般如花似玉的年轻姑娘，自然让他乐得喜笑颜开。他好像着了魔似的，盯着她说个没完。一连好几天他都不想让她离开自己一步，只要她一离开去干活，他就会坐立不安，就连他的岳父母看着都觉得有点好笑。但他俩心里清楚，他是真心喜欢上了自己的女儿，而女儿也喜欢他。所以当我的外公提出要把我的外婆带上船时，尽管他俩很舍不得，但还是点头答应了。因为他们知道女儿的幸福才是他们的幸福，况且他是那么地爱她和离不开她，这一切都让做父母的感到无比欣慰。

6

　　就这样，我的外婆跟着我的外公上了船。

　　那天下着雨，泥泞的路很难走。我的外公一手撑着伞，一手挽着外婆的胳膊，深一脚浅一脚地离开了我外婆的家，到他撑了多年的船上。要知道，我的外婆自生下来就没离开过父母，也没离开过自己的家，更不要说坐航行在海上的船了。她不知道船在她以后的生活里是个什么概念，意味着什么，这一切都让她充满好奇。这突如其来的幸福令她顾不了许多，一路上，她看啥都觉得新鲜，青青的秧苗在雨中显得生机勃勃，紫色的豌豆花在田地里怒放，就连田埂边的野草都摇晃着身子似乎在跳着舞蹈……一切都是那么美好。境由心生，她身边的这个男人给予她的幸福几乎要把她给融化了，喜悦替代了恐惧，幸福让她变成一个快乐的小女人，前面的路该怎么走，她根本不去多想，唯有身边的这个男人带给她的那份实实在在和无以名状的快乐，才是她想要的。

　　船就停泊在海边，她望着在海面上晃动的那条船，突然一阵恐惧袭上心头。她站在跳板的这一头，害怕得闭上了眼睛。这时一双强有力的手拉住了她的手，她睁开眼睛看了看，他的目光坚定有神，于是她紧攥住他的手，跟着他踏上了那块令她惶恐不已晃动着的窄窄的跳板。

他在前面走着，嘴里不停地说："不要看底下，要向前看！"

可她却忍不住看了一眼脚下，翻滚的浪涛吓得她不敢再往前挪动一步，她站在原地打起了哆嗦。

他一见，迅速将她挟在胳肢窝，没等她喊出声，"噌噌噌"，三步并作两步上了船。

等她睁眼时，发现自己已站在船头。

起锚了。风吹，船动，陆地渐渐远去。眼前的一切都在她的眼里变得陌生和好奇。船舱、桅杆、风帆、大海、蓝天、白云，随着船行驶离岸，岸上的一切渐渐模糊，晃晃悠悠的感觉让她好似踩在云里雾里一般。一种难受的感觉渐渐涌上她的心胸，突然她感到一阵晕眩，胃里好像有什么东西窜上来，想要呕吐。她晕船了，长年居住在陆地的人偶尔坐船难免会有这种反应，况且这船不是航行在小河里而是在大海上。想不到还要经受这一关的考验，她知道必须面对和跨过这道坎。起初她以为只要等到风平浪静就会少了这种麻烦，使她无法理解的是，就算是风平浪静的日子，她也照样晕船。没办法，她只好一天到晚躺着。呕吐严重时，她不免心里责怪起自己的父亲：怎么就不选个陆地上的人家，偏偏选个整天与海为伴的人？让我这个出生在陆地上的女人如何才能度过以后漫长的惊涛骇浪和颠簸不堪的生活？然而这种念头来得快也去得快，都会被外公百般的体贴和呵护消除得一干二净。一个月过去，她开始不再呕吐并且逐渐适应了海上的生活。

她把船当成了家，花费好多心思把船打扮得与陆地上的家一样。不同的是，原来她家四周种满了桃树、梨树、柿子树什么的，而这里是一望无际的大海，但她还是以自己的方式把这条船打扮了一下。她在舱内摆上一盆月季花，舱外种上几棵葱，就连船尾也没忘缀上一枝一串红。很多时候，她头上包裹着一条印花头巾，穿一件斜襟蓝布衫，赤着脚，穿梭在船舱与甲板之间，一刻不停地忙碌着。

两个人的世界是新奇的，也是充满憧憬的。

几尺宽的船舱，就算两人躺着也会碰着头连着脚，船上的生活原本就很枯燥乏味，每天航行在大海上，见到的不是海，就是天。他三十六岁才真正碰到他自己所喜欢的女人，于是他就更是如狼似虎，好像要把自己积蓄的数十年的情和爱都一股脑儿倾泻在她身上。每晚，他把她连同那条船弄得上下起伏，如海鸥在海涛声中飞翔，在炽烈的如饥似渴的激情燃烧下，在天与海之间，在那不到六尺宽的甲板上，两年半后他们孕育出了第一个孩子。

孩子的出生，使夫妻俩欣喜若狂。他是个男孩，大眼睛，高鼻梁，皮肤很白净。人们都说，这孩子长得极像他的母亲。他越看越喜欢，忍不住将自己脸上的胡须往孩子的小脚丫上扎，弄得孩子"哇哇"直哭，那哭声越加挑起他强烈的父爱，他深情地抱起他，在他脸上亲了又亲。每当这时做母亲的就会露出满脸喜悦，冲他莞尔一笑，眼神里透着心满意足的娇嗔。他给孩子取名"海洋"。

他们的生活犹如一条船驶进了一个风和日丽的港湾，每当航行在海上时，做妻子的就带着孩子操持着船上的家务，做针线活，烧饭。她把孩子绑在背上，躬着腰从海里吊起一桶桶浑浊的水，赤着脚冲洗着甲板。

转眼一年过去，孩子会摇晃着在甲板上行走了。周岁那天，当父亲的他特地上岸给孩子买了把长命锁，锁是银制的，上面垂吊着数个小铃铛，写有"长命百岁"四个字。他把它挂在了儿子的脖颈上，望着丈夫心满意足的样子，怀有身孕又快临盆的妻子站在一旁开心地笑了。

他俩的感情犹如汹涌的波涛越掀越高，丈夫在欣喜之余也会对妻子讲述他一路的所见所闻。

一天傍晚，船驶过白塔山附近的一处海域，他远远眺望着，突然情绪激动地喊起来："海洋他妈，你快出来！"

妻子一听，以为出了什么事，赶忙挺着大肚子从船舱走出来，行动迟缓地走到掌舵的丈夫身边问："什么事？"

丈夫指着远处隐约屹立在海中央的白塔山对她讲起了故事：

相传很早以前，有个萧山姑娘，为了自己心爱的情人，躲避父母的包办婚姻而被人追赶，无奈之下从一座名叫秦山的悬崖上跳海自尽，刚巧被一位路过的一艘船上的船老大发现，船老大将她救起后藏到这座山上。可怜的姑娘从此不仅要面对人生无穷的孤独和思念的考验，还要遭受严寒酷暑和饥饿的威胁，风餐露宿，受尽磨难。

有一天，船老大捎来消息，说她的情人已找到乍浦，姑娘得知，死活让船老大把她的情人带到这海岛上。船老大走了，姑娘在山上等啊等啊，每天她都去海边瞭望，日复一日，年复一年，始终没能等来船老大和情人的身影。她心急如焚，在极度的期待与思念中，终于一病不起。冬天来了，寒风挟着雪花飘进了她所居住的寺庙，望着庙外飘飞的漫天大雪，她感觉自己很快就会辞别人世。那天，她挣扎着爬进了置于山顶的一只荷花缸内，盘膝合掌，怀着悲凉的心情，含泪死去。不知过了多少年，有一艘渔船进山避风，渔民上山，这才发现了缸内的姑娘。她面朝大海，眼睛里流露着期待的目光……

丈夫讲到这里，转过头深情地凝视着她。妻子的目光仿佛被定格在那座隐约显现的海岛上。她想象着当年那位姑娘充满期待的情景：面对茫茫大海，姑娘的心似大海一样起伏不定，她心中倾注了对人生的全部希望，对爱情的忠贞不渝和对生命的渴求。然而姑娘永远不会知道，她所钟爱的情人和对自己视如己出的船老大，在一个伸手不见五指的夜晚，为了能尽快见到她而冒着八九级的狂风大浪，将船驶向她所在的海岛。过不久就可以抵达白塔山了，小伙子和船老大奋力摇着橹，三千米、两千米、一千米……就在距离白塔山不远的地方，一个恶浪将船打翻，两人同时落入海中，他俩在黑暗中与恶浪搏斗了没多少时间，便筋疲力尽被狂风恶浪无声地吞噬了。可怜的姑娘到死也不知道，她的心上人和船老大已葬身于大海之中。人世的情缘就在一瞬间被无情的海浪冲击得无影无踪。

他的叙述是简略的，但他充满感情色彩的语调，让这凄美的爱情故事变得荡气回肠，她沉溺在这个悲惨而凄美的故事情节中，好长时间都没缓过神来。

从那以后，只要他们的船经过白塔山附近的海域，她就会站在船头远远眺望，心中也会隐隐作痛。她仿佛觉得那座山与自己有着一丝莫明其妙的联系。她为那个不知姓名的姑娘感到惋惜，有时却觉得姑娘死得很值，因为她所爱的人至死都爱着她。

孩子长到十八个月了，奇怪的是他还不会叫爸爸、妈妈。这让做父母的很担心。他稍有空闲就会走到儿子面前，怀着急切的心情逗着孩子，可不知怎么，海洋只会冲他笑却死活不肯叫他爸爸。做母亲的在旁看见了，虽心里也着急，但又怕丈夫将孩子逼急了，反倒会弄出什么毛病来，于是她莞尔一笑说："急什么急，他还小呢！"

丈夫一听，更急了，说："别家的孩子这么大都会叫人，他怎么就不会，莫非是哑巴？"

她听了，赶忙用手捂住他的嘴巴说："怎么可以这样乱说，你不要惹得老天爷听见不高兴，罚你一辈子听不到他叫你爸！"

　　丈夫听罢，立刻打住，抱起儿子在他的脸上亲了又亲。

　　妻子嘴上虽这么说，心里却比丈夫还着急。有一天，船在苏州码头一靠岸，她就催着丈夫带着孩子去看医生。说来也怪，不知是海洋见医生怕，还是见了吓人的针头怕，只见他打量一番医生后，即刻转身就冲他俩张开手臂扑过去，嘴里直唤着："爸爸！妈妈！"

　　夫妻俩不敢相信似的你看我，我看你，愣在那里。孩子口齿不清，乍一听，还不太听得明白，等到他俩明白过来是怎么回事后，才觉得那仿佛是来自天边的天籁之音。返回途中，他俩感到身轻如燕，做丈夫的让海洋骑在肩上，自己却像马似的奔跑着、吼叫着。

　　夜晚皎洁的月光下，仨人并排躺在甲板上。夫妻俩仰望着苍穹，教儿子数星星。海洋犹如一只小猫在他俩身上快乐地爬来滚去，玩累了，就乖乖地蜷缩在他们身边静静地睡了。四周是那么寂静，远处的村庄里偶尔传来几声狗叫声。海浪拍打着船底，发出有节奏的声响，他俩注视着熟睡中的儿子，相视而笑，一切是那么美好。

7

转眼到了夏天，炎热的季节给人们带来丰收的希望。地里的麦子熟了，垂着沉甸甸的麦穗等待人们前去收割。

外公趁着天热打算陪我外婆带上儿子前去探望岳父岳母。俗话说，"嫁出去的姑娘泼出去的水"，这话对外婆是个例外，她的父母无时无刻不惦记着她，只要有机会就会托人给她捎去她喜欢吃的东西，如黄金瓜、红薯、糯米、赤豆等，而她也惦记着宠爱她的父母。回家之前，做女婿的在镇上买了盐、糖、糕饼等，女儿则给父母各自扯了一身棉布，带上孩子，一家人兴高采烈上了路。

他们的到来使父母分外高兴，老两口见到外孙就像看到天上掉下个宝贝一般，抱在手里左看右瞧，传来传去，谁也舍不得放手。女婿见岳父母对孩子这般喜爱，兴奋之余也忍不住与岳父坐在厅堂的椅子上喝起酒来。外公望着外婆渐渐长大的肚子开心极了，对岳父说："要是生个女儿就好了。"

岳父一听，忍不住捂嘴笑道："你福气好，准会是个女儿。"

外公听后，两眼笑得眯成一条缝，说："托你的吉言。"说罢，举起酒杯与他一碰，一饮而下。

外婆在娘家的日子格外愉快。家人怕闪着她的肚子不让她干活，这让她很难受，闲得慌了，她就想帮助母亲做些家务，可做母亲的怎舍得让怀孕的女儿干活呢？外婆一见插不上手，趁母亲不注意，就偷偷坐到久违的织布机边织起了布。

说起织布，外婆可是一把好手，出嫁前她织的布又细腻又好看，不像村里其他姑娘，只会织些很普通的平板布，她织出的布的花式多种多样，如"苍蝇脚""跳格花"等。她喜欢将纯白的棉线染成红、黄、蓝等各种颜色，然后交替着织，织出来的格子布很特别，拿到镇上去通常都能卖个好价钱。她用来染色的颜料均由各种各样不同色彩的花瓣调制而成。比如，她最喜欢用夜合花来调制，夜合花被当地人称为夜开花，有黄、白、紫三种色彩，通常在夜晚才盛开。用它调制成的颜料染织成的布与众不同，十分好看。但这会儿她坐在织布机前似乎感到有点陌生，手也不太灵活，拿着那把曾经使用过无数次的梭子，就像握着一把笨重的铁锤，她一梭梭穿巡着，动作笨拙，大不如以前那样麻利，母亲走过来充满怜爱地对她说："感到不利索了吧，没关系，只是你快要临盆的缘故罢了。"

她望着母亲，不好意思地说："好久没织，有些生疏了。"

母亲听后，用试探的口气说："要不，这一次在家里生产？"

她一听，忙说："怕是走不开。"

母亲顿时明白，女儿不是忙，而是离不开她的丈夫。见女儿这么想，就说："那就不留你了，船上事也多。"接着又叮咛她要千万注意身体等。

与父母相聚的日子总是短暂的，几天后，夫妻俩带着孩子依依不舍地辞别父母上了船。

不久，孩子出生了。诚如他岳父所言，生下的是个女儿。这可把夫妻俩乐坏了。或许是应了女儿随父的说法，女儿长得完全像父亲，不仅皮肤黑，而且嘴巴也大，众人都说与哥哥相比，其容貌差别很大。但这没有使外公不开心，反倒让他格外宠爱女儿，给其取名"海花"。

做母亲的起先有点不明白，海里怎么长花？可外公说，在他看来，陆地上的哪一朵花都不如海浪绽放出来的浪花好看。外婆一想也对，也就依了他。

在外婆坐月子的那些日子里，外公不像往常那样为多挣些钱而拼命来回运载货物，而是尽量减少运货的次数，抽些空闲时间来陪伴她。船只要一靠岸，他就会到集镇上买点好吃的给她补身子。外公并不擅长做家务活，杀鸡时，他让伙计帮忙将鸡倒提，然后抓住鸡的脑袋就将刀硬生生往鸡脖子上抹。不知是他不会杀鸡还是刀太钝，反正抹了好几下都不成，那鸡不停地挣扎着，弄得他手上、身上全是血，连伙计也溅了一身血。一怒之下，他把鸡摁在甲板上，一刀将它头剁了下来。岂料，鸡却从他手里挣脱了，像无头苍蝇似的在船上乱飞舞，一时间，弄得鸡飞狗跳，众人前堵后围，血"滴滴答答"洒了一地，看得人心惊肉跳。

外婆躺在舱内只听见舱外大呼小叫，不知发生了什么事。当伙计以诙谐的口气告诉她外公杀鸡时的情景时，她还不相信，在她的眼里外公什么都能干。这么多年风风雨雨，他什么风浪没见过，难道还不会杀鸡？直到外公亲手端给她鸡汤时，她才忍不住询问伙计说的是不是事实？外公听后难为情地挠了挠头，结婚以来他还是第一次在妻子面前出了丑，出于自尊，他涨红着脸，对她说那是伙计瞎编的，以他的胆量不要说杀鸡，急了连人他都敢杀。听了他这番话，外婆对他笑了笑，她知道他也只是那么一说，连鸡都不会杀的人，怎会有胆量去杀人呢？仔细想想丈夫胆小也有胆小的好处，不会惹事，一家人清清静静地过自己的小日子有什么不好呢？想到这里，她欣慰地看了他一眼，仰起脖子把香气扑鼻的鸡汤"咕嘟咕嘟"喝了下去。

8

外婆在外公的百般呵护与宠爱下身体逐渐好起来，肤质变得更白更水灵了，那富有弹性的身躯很扎人眼，两只乳房充盈得犹如两只打足了气的皮球，走起路来在衬衣内一跳一跳的。从结婚那天起，外婆按照当地的习俗用刨花水将长发梳成发髻盘在后脑勺，偶尔她也会上岸摘朵花插在头上，这一装扮令她看上去既成熟又典雅。她整天带着孩子从船头走到船尾，来回不停地在他面前欢快地晃荡，外公一边摇着船一边不时掉过头看着在船上走来走去的妻儿，内心常常涌起一股难以名状的幸福感，大海、帆船、蓝天、白云，以及妻子、儿女，一切都让他感到充满了生机与活力，也充满了憧憬与希望。

他变得更有激情了。激情似火的他几乎夜夜与她欢愉。而他们的子女，随着他的狂热与缠绵，一年一个，有男有女，接踵而来。这期间，外公的事业也随着孩子的增多而变得兴旺起来。他把小船换成了大船，雇用的伙计从原来一个变成两个，之前大部分时间只限于白天行船，后来只要有货他就会不管白天黑夜都行船。他的这种运载方式得到了货主们的认可，谁不想自己的货物早日到达目的地，使要货方和供货方都得到好处。他运载的货物越来越多，得到的利益也越来越大。随着孩子的频繁出生，加上雇用伙计增多，日常生活开支越来越大，渐渐地，外公感到生活开销有点力不从心了。

相爱容易相处难，生育容易养育难。为了生育和抚养儿女，外婆是多么的辛苦，孩子们的吃穿更使外公发了愁。况且一艘船就这么一点儿地方，如果将孩子个个留在船上，载货量就会受到影响。更糟糕的是，外婆在生育第一个孩子后，就发现外公并不是个顾家的男人。长年累月在海上漂泊，历经狂风恶浪，使他成了一个性格粗犷的人。在他眼里，酒是他的第一爱好，其次才是女人。娶外婆之前，在空闲的时间里，外公会去街边的小酒馆喝酒，在他的生活里，信奉的是今朝有酒今朝醉。对每天与大海打交道的人来说，海是什么，海在他眼里既是主宰他生存的神灵，同时也是埋葬他的坟墓。有好多回他差点被无情的海水吞噬，有好几次他亲眼目睹与他一样的船老大被无情的海浪卷得无影无踪。能活着在他看来全是自己的命硬，他不知道过了今天是否还有明天，况且这年头兵荒马乱的，有时他辛辛苦苦运载货物到了目的地，那些有权有势的达官、兵痞总赖他的账，不给钱不说，还围攻他们，好几次，他只能落荒而逃，以求自保。因此很长时间里，他都不敢娶老婆，他甚至怀疑自己到底能否有朝一日为自己的家族在世上留下后代。以往每当船靠岸，他就会去找有女人的地方，寻欢作乐，但他从不会有真情。自从遇到外婆后，他就把这些陋习改了，他对外婆说："你是我一生中遇到的最动心的女人。你让我动心，让我满足，今生今世我只要拥有你就足够了。"外婆是幸福的，丈夫忠实于她。然而，她又是痛苦的，这份痛苦来自眼睁睁地看着一个个孩子降生而后又离她而去，这让她痛不欲生。

那是在他们第五个孩子降生后的一天，在她忍受着无比的痛苦生下名叫海礁的孩子后的次日下午，她无意中发现排行第四的儿子没在眼前。四儿，名叫海涛。海涛就像他的名字一样，人很活泼，喜欢在船上晃来荡去，是外婆二十一岁时所生。此时连他在内外婆已生了三儿一女。生下他后外婆很开心，因为他长得一脸秀气，看上去也机灵。虽然年纪小，处事却很得体，哥哥姐姐们欺负他，他也不生气，一笑便走开了。在外婆看来，海涛是孩子中最有灵气的一个，因此十分欢喜他。但从前晚起，好像就没见到他人影。起初做母亲的没在意也没多想，以为儿子可能被伙计带到甲板玩耍去了。令她感到纳闷的是，直到天黑时分，仍不见海涛的身影。通常他很喜欢在外婆的身边转来转去，时不时坐下来与她亲热一下，他对她的情感表达只有做母亲的才能体会到，有时他会一骨碌躺下来将自己的背挨着她的背一声不吭地靠着，她心里明白这孩子很机灵，他仿佛知道母亲的难处，因为她还有很多事情要做。外婆开始疑惑并且觉得有点不对劲，一条船才这么点地方，怎么只见其他孩子在自己面前，就没见四儿呢？她起身摇晃着走到舱外朝正在掌舵的丈夫招招手，他一见立即三步并作二步地走了过来，随后跟她进了舱内。

她问："怎么不见四儿？"说完一手撑着腰坐下。

他没有回答，只是瞟她一眼，迅速盘腿坐下。

她充满疑虑地又问："他上哪儿了？"

一阵沉默，舱内的空气瞬时变得很压抑。他没吭声。

她似乎感到了什么，情绪焦虑地说："你说呀，出了什么事？"

丈夫没正眼看她，只是轻描淡写地说："送人了。"

"什么？"她以为自己听错了，两眼直勾勾地望着他。

他什么也不说只是对着她点点头，似乎在向她印证自己说的话。

她一下瘫坐在船上，半晌才迸发出撕心裂肺的哭叫声。她努力直起刚生育完孩子的羸弱身躯，扑到他的身上不停地号叫着，捶打着，这种号叫就像森林中的老狼失去小狼后发出的声音，让人听了毛骨悚然、惊恐万分。她用拳头在丈夫的身上乱捶乱打，口中不停地喊着："你还我儿子，还我孩子……"凄厉的叫喊声划破长空，大海似乎也发怒了，将船上下猛烈地抛起落下，似乎在为她诉说不平。

　　然而，任凭她如狂风骤雨般的拳头捶落在他的身上，丈夫始终低着头一声不吭，过了好久，他才起身，走出舱时，丢下一句话："给儿子一条生路吧！"

9

这以后，丈夫依然撑着船运着货，依旧喝着烈性的酒，夜夜要与妻子干那种让他醉生梦死的事。但做丈夫的发现，晚间干那事时，妻子不再像以往那样了，白天也不再像原先那样笑口常开、步履轻盈，而是始终保持着沉默。这令他感到很沮丧，觉得与她不再像以往那般情投意合、激情澎湃。而且到了白天，她一空下来，就会望着远处的景色发呆。他不知道她在想些什么，但他隐约感到是自己送走儿子使她变成了这样。她上岸随丈夫购物时，一见到与海涛一般大的孩子，她就会追过去，迫不及待地大声呼唤："海涛，海涛，我是你妈妈，你妈妈。"当发现并不是自己的儿子时，又失望地怏怏走开。

海涛是他俩爱情的结晶，记得生下这孩子的一瞬间，夫妻俩像以往一样兴奋："又有儿子了，我们又多了个儿子。"随着孩子在丈夫的手中像船一样摇晃，世界仿佛变得越加美好，生活也变得令人更加期待。拥有了一个孩子，就好像又拥有了一份快乐。高兴之余，丈夫抱着刚出生的孩子，深情地对妻子说："就叫他海涛。"

"好，好啊！"她一边应允着，一边流出幸福的泪水。

海涛，涛涛不绝，似乎蕴含了一切。

从那时起，生下第四个孩子的她，仍像生下第一个孩子一样，脸上洋溢着幸福的神情，嘴里还不时地哼着家乡的小调。她抱着他哄他入睡时，总爱哼着那首一成不变的催眠曲：

　　"乖囡囡要困（睡）了，一困（睡）困（睡）到大天亮。醒来看见太阳公公笑，公公叫我好宝宝。"

　　很多时间，她背着海涛从船的这一端跳到船的另一端，常将船弄得摇摇晃晃，随后发出一串银铃般的笑声。她的情绪感染了船上每一个伙计，有了她的欢声笑语，他们干起活来如虎添翼，上船、下船、装货、验货、卸货，个个劲头十足。在他们的心里，老板娘就是美丽和善良的化身，和她在一起就像跟家人在一起一样开心。他们撑着船、摇着橹，听她哼着动听的民间小调，来往于这个码头与那个码头。她给他们做饭、洗衣、缝衣服，对他们问寒问暖。她的乐观与善良感染了每一个人，大家齐心协力以最大的精力做好每一次的运货，这也给每个人带来了不错的收益。而这一切使做丈夫的心中有说不出来的高兴，他的心就像是涨潮时的海，绽放着欢腾的浪花。

　　然而，好景不长。

　　自从丈夫将第四个孩子送人以后，家中似乎有了个惯例，只要有一个婴儿呱呱坠地，就会有一个孩子被送人。被送走的孩子通常是家中的老四。丈夫依然是自作主张，瞒着妻子将孩子送人，当妻子发现又缺少了一孩子时，总会发出与之前一样如狼般的号叫，发疯似的对丈夫又撕又咬，这种失子之痛的号叫和撕咬，伴随着撕心裂肺的哭声，年复一年地持续着。长此以往，做丈夫的变得好像对此已毫不在乎，送走一个孩子，对他来说就像送出一只猫一条狗一样。起初，他似乎还有愧疚和罪恶感，几天里，不敢正眼瞧妻子一眼，慢慢地，他也就麻木了，甚至觉得这是替她和自己，以及家庭做了一件好事。他认为，孩子被送走就不必跟着他们吃苦，会比在船上活得自由自在。每当他送走一个孩子后，就会找一家酒店喝酒，一开始是喝，到最后便抓起酒坛伸长脖子往嘴里灌。完了，他用手一抹嘴，再提上两坛酒，跟跟跄跄迈开脚步回船上去了。

他的酒量绝对大，大到没有人敢与他比试，他从没有喝到回不了船的时候，尽管船上的跳板下波涛汹涌，可他踩上去仍是如履平地。船上的伙计见他喝了酒后都怕。对他的怕，倒不是他平素里为人不友善，相反他十分讲义气，有时即使朋友找他帮忙干点芝麻大的事，他也会欣然相从，做些出格的举动。伙计们最怕的是他酒后闹事，他一旦喝醉酒，若有人惹恼了他，他就会借着酒劲如火山爆发似的发泄自己内心的不快。那时候，谁碰上谁倒霉。

有一次，一个小伙计因为卸货时弄错了货物，把这家的货物给了另一家，这样一来，惹得那两家极不愉快，坚决不付运载货物的钱。这让外公很恼怒，他二话没说当着众人的面，朝着小伙计的脸"啪"的就是一巴掌，而后又大声吼道："你给我滚！"当即开除了他。小伙计很委曲，但自知理亏，也就抚摸着被打得生疼的脸蛋没吭一声回了家。等到外公清醒过来感觉自己做得有点过分时，就买了礼物，亲自登门道歉，重新邀伙计上了船。

他如此大的脾气，做妻子的自然一清二楚，在无数次的痛苦、挣扎、无奈和绝望之后，外婆渐渐变得沉默寡言，有点麻木了。慢慢地，反应也变得迟钝起来，做事常常心不在焉，有时过了晌午，还没做饭；洗好菜，忘了淘米；缝补衣裳时，半晌不扎一针，有时扎了，却把手扎得渗出了血。很多时候，她的目光会远眺着岸上奔跑的孩子，凝望久了，会冷不丁地大声叫着被送走的某个孩子的名字，当她发现这只是臆想中的孩子时，转而就会急切地亲吻襁褓中的孩子，口中喃喃唤道："孩子，妈妈想你，妈妈想你啊！"瞬间，泪如雨下。她在甲板上一坐就是半天，在丈夫的多次催促下，才迈着迟缓的脚步，机械地去干他所叮嘱的活儿。

她的这种迟钝的认知行为，船上的几位伙计都看在眼里，急在心里，他们知道她的心已被丈夫伤透了，伤痛了，伤得麻木了，于是他们常常以自己的方式表示着对船主夫人的关切。为避免不必要的麻烦，偷偷地，他们会趁船主上岸时去安慰她，抢着帮她做杂务和带孩子。起初，她也会用言语去表达对他们的感激之情："谢谢，谢谢！"渐渐地，她对周围的人对自己的关切也熟视无睹，对周围发生的一切都不再感兴趣。她整天沉溺在对每个孩子的思念中，沉溺在失去他们之后自己痛苦不已的内心世界里。她寸步不离地守护着留在身边的孩子，用手摸摸这个孩子的头，又摸摸另一个孩子的头，临了又凝视着襁褓中的孩子，喃喃地说："孩子，你不会离开妈妈的，不会！"但她心里清楚，不用太久，她的孩子又会离她而去，被送往自己永远也不知晓的地方。他们是她心头掉下来的肉，是她的命啊！但是作为他们的母亲，她却无法将他们始终留在自己身边。

船每天在海上航行，他依然与她夜夜欢愉，但随着一个个孩子被送走，他明显感到她的情绪已大不如以前，她对他是出于一种无奈或者说是勉强的应付。之前，每当他伸过手去将其搂住时，她的手会情不自禁地搂住他。而今她只是默默地躺在那里，当他像往常那样伸手搂住她时，她几乎不知道该怎么办，既没有激动也没有兴奋。他不知道，自打第一个孩子被送走后，她对他就产生了一种莫名的恐惧感和排斥心理。

先前，她绝对爱他，况且她是一个传统的女人，生活中除了遵循他的意愿，她没有任何的想法。她知道他喜欢她并且爱她，作为女人她能充分感觉到他的爱，尽管这种爱有时在她看来不免有点俗，有时想他对她究竟是性爱多一点还是情爱多一点，但这种念头也仅在一瞬间就烟消云散了，她觉得他非常爱自己，这么一想，她也就完全释然了。

然而，如今不同了，她怕又会怀孕，怀孕后又会历经漫长的过程，接着又是生孩子，没等多久孩子又会被他送人。自从他俩结婚后，她十九岁起就不断地怀孕，然后一个接一个地生产，如此周而复始地怀孕与生产，搞得她疲惫不堪。渐渐地，她对他产生了怨恨，对性事产生了恐惧。好多次他的手一触碰到她的手，她就会像碰到蛇一般惶恐地将手缩回去。恐惧缠住了她的心，渗入她的灵魂，她在情感与恐惧中挣扎，内心的纠结使她日夜寝食不安，心力憔悴。这种貌似幸福却被迫弃子离女的痛彻心扉的生活，使她已经没有了往日的美貌、活力和神韵。她的脸变得苍白而松弛，皱纹过早地爬上她的脸庞。往日那充满希望的眼神，早已被痛苦和忧伤折磨得无影无踪。她目光呆滞，行动迟缓，内心变得异常敏感，稍有风吹草动，就会紧紧搂抱着孩子，慌忙躲进船舱的一个角落，神色紧张地听着外面的动静，直到她认为没有什么对孩子构成威胁时，才悄悄地从船舱走到甲板上，茫然地凝望着在岸上奔跑的孩子们。

慢慢地，她再也不与人说话，甚至连自己的丈夫也不愿搭理了。她的这种沉默，起初并没有引起丈夫的注意，在他的眼里，自己挣钱养活她，让她有吃有喝有穿，就是做丈夫的对妻子最好的恩赐了。整日风里来雨里去，装货卸货，船上船下的劳作，使他的思想变得迟钝、麻木，再也没有精力去思考别的什么事情了。

十六年过去，就在外婆三十二岁时，他俩已经生育了十三个孩子。外婆生产第十四个孩子时，不知怎么，两天两夜过去孩子仍没坠地。生产时的疼痛让她变得人不像人，鬼不像鬼，她一会儿跪着，一会儿躺下，一会儿蜷缩，一会儿又直立起来，肚子里的孩子就是不肯坠地。无奈的她，大汗淋漓，两条大腿撑开着，身子直打哆嗦，她痛苦地拍打着肚子，绝望地大声骂着平素里令她又爱又怨恨的丈夫："你不是个人，你是个魔鬼，我恨你，我要杀死你，你还我孩子……"她不断地辱骂着，时而跪地，时而躬身，随着疼痛的加剧，她的辱骂越来越厉害，也越来越放肆，她好像要趁着这个机会把平日里压抑在内心深处的怨恨和不满统统发泄出来似的。开始丈夫在旁无能为力地凝望着她那痛苦的脸，还说上几句宽慰的话。但是，随着她情绪的激愤和辱骂声的不堪入耳，他仿佛觉得妻子是故意趁生孩子的时候在向他示威，她句句刺中他心头的要害，终于他再也按捺不住心头的怒火，浑身上下像点燃了的火药桶，一把揪住她的长发，伸手给了她两巴掌。即刻，如狮般吼叫了一声："你去死，去死吧！"

瞬时，船舱里的空气凝固了。一时间，她竟停止了叫骂，惊恐地望着他。一阵疼痛又向她袭来，只见她不知哪儿来的力气，猛地站起来，不顾一切地向丈夫扑去，她撕咬着他的肩膀，他俩扭打在一起，搂抱着在舱内的船板上翻滚。破裂的羊水和鲜血在船板上流淌，染红了整个船舱。他们像一对发了疯的海兽互相撕咬着，捶打着，似乎唯有这样才能将对方撕成碎片，才能解除自己心头之恨。当丈夫从愤怒的情绪中清醒过来时，发现妻子已经死一般地躺在血泊之中。孩子落地了，不过已经没有了呼吸。

孩子死了。

她的心也死了。

等到船上的伙计拉开他俩时，她已经疯了。

10

　　我一言不发地跟着母亲下了车，来到外婆所居住的盐官乡下家中。

　　通往外婆家的路我很熟悉。盐官与我所居住的武思镇一样，也是窄窄的街道，两旁鳞次栉比地排列着数以百计的木结构的房屋，楼下开店，楼上住人。临河的老屋后面，有条流着清漪漪水的小河。经过街中心后，需走过一座桥才能到我外婆的家，桥用条石铺成，名叫温水桥，据说年代很久远。过桥后，石板路就变成了泥路，两旁种满了桑树，桑叶绿油油的，预示着蚕茧又有一个好收成。自从有了外婆后，每逢寒暑假，我总是嚷嚷着要到外婆家去。

　　外婆很宠爱我。只要她有什么好吃的，就总是留给我吃。我和她在一起时，总喜欢缠着她给我讲故事，她肚子里的故事特别多，总也讲不完似的，以满足我听故事的欲望。她所讲的故事可不像其他大人通常讲的什么兔子与大灰狼，从前有位老人住在山上……在她的故事里，常常出现妖魔鬼怪、地狱天堂，听得我头皮发麻、汗毛竖起，晚上睡觉时总做噩梦，好几次我都被噩梦惊醒，醒来后大汗淋漓。可不知什么原因，尽管我听了很害怕，她的讲述却令我痴迷，她越讲，我越害怕，越恐惧，我就越喜欢听她讲，以至听到后来，我居然相信，人死了不仅可以复活，还可以有灵魂……这种讲述开拓着一个孩子不可能触摸到的世界，我常常沉浸在故事的情节里，想象着种种可能发生的事。

一放寒暑期，我就往外婆家跑。外婆家有三间平房，其有斑驳的墙壁和灰色的瓦片。左侧的竹园很大，每到春天，笋从地底下冒出来，露出尖尖的笋尖，看得人嘴馋。每逢这个季节，外婆就会提着竹篮带上我钻进竹林里去挖笋。看着外婆将一个个刚从枯枝败叶中露出头的笋挖出来，我心中很是不舍："留着它吧，等大些再挖也不迟。"

外婆听了，根本没把我的话当回事，说："什么再挖不迟，你来了我高兴，挖了给你做菜吃。"

听了她的话，我的心就像被风吹拂的竹叶，一阵激动。随即，她会将上好的嫩笋带回家，站在灶头旁边，剥去笋壳，切成滚刀块或笋片，再将咸菜切碎，倒入油锅一起炒，顷刻就烧成一盘爽口的佳肴。有时外婆先将咸肉煮成半熟然后把笋放入一起烧，我很喜欢她做的这道菜，其味道鲜美，令我的饭量也比往常大很多，外婆看到我狼吞虎咽的样子，坐在桌边笑得合不拢嘴。

当地的农民以养蚕、种苎麻为主业。看蚕时，家家户户都像打仗似的，他们将蚕卵放在竹簟里白天黑夜地轮流照看，定时给蚕宝宝喂桑叶。看着蚕从线条似的模样变成小拇指长的蚕宝宝，我心里充满了好奇，通常我会背着箩筐跟在外婆后面屁颠屁颠去采摘桑叶。采桑叶要讲究时间，比如夏季，除了可在上午采桑叶，通常也可在下午三点以后采桑叶，这样采下的桑叶质量比较好，不至于因为被阳光灼得蒸发掉水分而不滋润。还有采摘时你要懂得采哪一种桑叶才合适，外婆边采摘边告诉我，要采摘那些看上去不老也不嫩的桑叶，这样蚕宝宝才喜欢吃。采摘桑叶时还要包上头巾，穿上长衫长裤，免得让桑树上的毛毛虫刺痛你。尽管如此，我有时还会被毛毛虫刺得龇牙咧嘴地直嚷嚷。

　　蚕从产卵到"上山"通常要个把月。海宁的蚕汛，一年通常有五期。蚕先是"小眠"，前后需要三四天；接着是"中眠"，需要三四天；再接着是"出阁"，需一天左右；随后就是"大眠"，需三四天。不管是"小眠""中眠""大眠"还是"出阁"，通常意义上就是人们所说的"脱壳"。每脱壳一次，蚕宝宝就长大许多，过了"出阁"，就是"大眠"，接着蚕宝宝就开始"上山"。"上山"时，蚕农在房门口挂把菜刀，山棚上放饭碗，我见了，不明个中道理，就问外婆，她对我说，凡此种种均称为"祛蚕祟"。到了蚕宝宝"上山"结茧的日子，外婆和外公更是忙得不可开交，他俩轮流睡觉，不停地转来转去给蚕宝宝喂桑叶，直吃得蚕宝宝通体发亮，蠕动着笨拙的身躯，爬到稻草扎成的"山"上产茧，蚕农管这个过程叫"上山"。此时蚕宝宝晃动着脑袋从嘴里不停地吐出亮晶晶的蚕丝，一圈圈地包裹着自己，最终演化成茧。眼看丰收在即，外婆便做了汤圆赠送亲友、邻里，以表达自己喜悦的心情。"四眠"过后，外婆和外公又动手做糖馅包子，并将早就腌好的鳓鱼鲞送给村民，以示庆贺。外婆还告诉我，每个地方养蚕的习俗都不一样，比如在嘉兴新篁，养蚕户在蚕室门口挂菖蒲、蒜头；在桐乡一带，"四眠""上山"后，则由亲友买米糕、粉丝、水果送之，表示道贺。听着外婆的讲述，我对因养蚕而形成的民间习俗开始感兴趣，想不到除了蚕丝能做丝绸、衣服，养蚕还会留传下这么多的民间习俗和传说。

　　采茧的日子到了，家家户户都像过节般欢快。我搬只板凳坐在外公、外婆身边，灵活地采摘着一枚枚让人瞧了兴奋不已的白花花的蚕茧。外公告诉我，单是茧子也可以卖，通常这里的人喜欢自家烧茧、剥茧，而后缫成一张张薄薄的丝绵，这样可以比蚕茧多卖些钱。

外婆是剥茧、缫丝的一把好手。所谓剥茧、缫丝就是将茧子用水烧熟后，用手剥制成人们通常所说的丝绵。每当干这些农活时，外婆总喜欢坐在自家的屋檐下，她头上包块印花头巾，穿一件纯白的老土布衫，这时我就会搬只板凳，与之隔着一只冒着热气盛放烧茧用的木盆，相对而坐。木盆上有弯成两个半圆形的竹环，像拱桥一般扣在盆的两端。她一边剥，一边不厌其烦地教我，每张丝绵由数只茧子制成，看着外婆将那一只只蚕茧在手中变成柔柔的丝绵，又把它们一张张套在竹环上，我的心就像被丝绵层层包裹般温暖。

外婆一边缫丝一边对我说，在嘉兴一带乡村，新娘的嫁妆里，桑秧和蚕种是必备的，结婚后，新娘和新郎一起将桑秧栽在自家的桑园里，到了第二年，新娘的蚕种如果结出比其他人产量高的茧子，便会备受婆家及乡邻的器重，她的蚕种也就会被各家引种。我便问："难道传说中的'蚕花娘娘'也喜欢新娘？"外婆听了我的问话，竟神情严肃地说："在我们这个地方，认为新人新气象，新娘养蚕一定会丰收。因此，新娘进门的第一年，蚕事通常由新娘打理，而新娘为了提高自己日后在婆家的地位，就会尽心尽力地投入蚕事，自然她养出来的蚕也就比别人家的好。"

到了苎麻收割的季节，田里注满了水，一根根青青的苎麻被割下来后，外婆和外公各自胸前戴只脏兮兮的围兜，先是两人相对而站，随后其中一人拿着一根苎麻，另一人用一把专用的夹刨用劲一勒，苎麻皮就从秆子上迅速脱落下来，经过十天左右的浸泡，表皮开始腐烂。外公又将它们在田里使劲漂洗，将一条条白筋挂在竹竿或绳子上晾干后，这才挑着满满的一担苎麻去集市上卖。据说还需再经过几道工序加工后方可制成夏布，苎麻也可打浆后做成纸等，用途可大了。

外公剥苎麻时，起初我站在一旁观看，时不时弯腰捡起一根苎麻递到他手上。可看着看着，就觉得挺没劲的。他剥苎麻时又劳累又费劲，时间一长，外公的手就开始腐烂，表皮也脱落下来，让人看了心里怪不好受。田里的水被苎麻浸泡后会散发着阵阵恶臭，那种腐臭味令我至今想起来还怪难受的。这种活外公一般不让外婆碰，他对我说，这是男人干的活。外婆好像也清楚，所以做这事时，她只是拿着根苎麻任由他摆布。其实外婆也并不轻松，外公用劲时她也要用劲，这样才能将皮剥下来。她看到外公的手烂得厉害，一到黄昏就忙着找菜油给他涂抹，这样对伤口只是略微有点改善，次日一干活还是老样子，唯有等这活儿全干完，连续涂抹许多天，外公的手才会好起来。我不明白这菜油涂了怎会产生这种效果。问外婆她只是冲我一笑说："不要说你，就算是我也弄不懂。"说她只是从小就看着自己的父母这样做，但从来也没想过为什么涂了菜油手就会好。不过，外婆倒是很喜欢摆弄那些白净的麻秆，那些被剥了皮的麻秆看起来很是光洁，晒干后还可以当柴烧，做晾衣杆，编箩筐，还可用它扎篱笆。有一次，我在外婆家门口的场地上种上几株丝瓜，不久，丝瓜藤蔓就沿着我用麻秆扎成的篱笆攀延着悠悠往上长，淡黄色的花、绿色的叶子在白净的麻秆上随着风轻轻地摇曳，我的心似乎也飘荡起来。

母亲说，现在的外公是外婆再婚的男人。在此之前，我常听大人讲，大凡当继父或继母的人，对对方的子女都不太好，还说什么"最毒继母（继父）心"。起初我对这位继外公也存有戒心，可与他接触次数多了，竟然很喜欢这个与我没有丝毫血缘关系的继外公。继外公长得很一般，中等的个子，鼻梁挺而薄，人中很长，皮肤很黑，常穿一件中式灰上衣、一条团腰黑裤和一双圆口黑布鞋，走起路来像一阵风，是一个地地道道的农民。但他却很能干，是生产队大队长。他心地善良，待人和蔼。他比外婆小十岁，他俩不知怎么就没生孩子，但这在我看来无关紧要。让我宽慰的是，他对外婆非常好。或许是他俩没孩子的缘故，我的出现仿佛给他们送去了一轮太阳，直把他俩照得心里暖烘烘的。外公常常高兴地哼着我听不太懂的地方小调，兴奋地在邻居面前夸奖我。更多的时候，他会让我骑在他的双肩上，在田野和小河边像马似的奔跑。每当这时，我就会张开双臂，模仿鸟儿展开飞翔的翅膀，对着广阔的田野发出一串银铃般的笑声。甘蔗盛长时节，我就会一直跟着外公，钻进甘蔗地里掰打甘蔗叶。外公告诉我,唯有把底下的叶子打掉，甘蔗才能长得好。甘蔗的嫩叶上长有很多白色细柔的小刺，经常刺得我龇牙咧嘴地叫唤。而此时，外公总是一把将我拉出甘蔗地，眯着眼睛，用他那粗大且笨拙的手指努力拔去我手上的小刺，嘴里还唠叨着："你看你，以后可不要再钻进去了，那是大人干的活，弄痛了叫我怎么办呢？"一直把我手上的刺耐心地拔完了，才让我又骑在他的肩膀上奔跑着回家。他常常对外婆说："她是上苍赐给我们的，有了她，我浑身是劲。"是啊，外婆生了十四个孩子，在她离开人世之前，才找到我的母亲。母亲只生育了我，可以这么说，外婆的血脉承袭下来的也仅有我这样一个外孙女了。然而对于我来说，并不完全明白这些，我只知道有了疼我爱我的外婆和外公，他们的出现令我感到这世界又有人给了我一份真切的关爱。

　　有一天，我与外公坐在田埂上，望着远处悠悠飘来的白云，冷不丁好奇地问外公："你是怎么认识外婆的呢？"

外公仿佛没听见我说话似的，"吧嗒吧嗒"地抽着旱烟，烟雾缭绕，使我看不清他的表情。过了半晌，他才向我叙述了他和外婆相识并结成夫妻的经过。

11

那是 1941 年的一天，当时他还在乍浦码头一条船上给人
家做伙计。做伙计是个苦差事，装卸货物、撑船、摇橹，遇到
浅滩还需上岸拉纤。船在海上航行也在河里行驶，按照船主的
话说，这叫走两路。唯有海路、水路都能行驶的船才真叫船，
否则就只能做一方生意。三百六十五天中他几乎天天出海或在
河里行船。外公认为在船上当伙计，拉纤绝对是个苦差事。尤
其是在夏季，酷暑往往使河里的水差不多就见了底，火辣辣的
太阳将人烤得头晕眼花，肩上经常被粗大的绳索勒出一道道深
深的血红纤痕。不过对他来说，只要有活干就好，只要有活干
就能为父母分担忧愁，全家人就不会受冻挨饿。遇到没活干的
日子他觉得比死还难受，有时都不敢回家见爹娘。

外公的家在乍浦乡下，家里有父亲、母亲，还有哥哥、姐姐、
妹妹，连他六口人。妹妹时值八岁，长得既可爱又聪慧，这年
纪的孩子正换牙，掉了两颗门牙在她看来是个缺陷，故平时她
都不敢张嘴说话，唯恐一张嘴就会露出难看的门牙。而这令作
为哥哥的外公越发觉着可爱，在他眼里妹妹是最漂亮的，他非
常宠爱她。只要他一回家，妹妹就总围着他转，嘴里还不停地
喊着："哥哥，哥哥。"外公的哥哥和姐姐与父母一样在家务农，

全家人的生活虽然拮据，倒也其乐融融。

可有一天家里突然发生了翻天覆地的变化。

1937年初冬，日本兵从金山卫偷渡登陆，数艘日本军舰炮轰乍浦，尽管中国军队也做了殊死的反抗，但还是被他们强行登上了岸。日本兵沿着海岸线对沿途的城镇、乡村进行烧杀掳掠，致使沿岸的百姓陷入了深重的灾难之中。

那一天，浩浩荡荡的日本军队扛着膏药旗，端着明晃晃的刺刀，杀气腾腾地沿着那条泥泞的路穿过庄稼地，把外公所居住的村庄给烧了，并残忍地屠杀了村里许多无辜的老百姓。外公能侥幸躲过这场灾难纯属偶然，那时他凑巧离家随船运货去了盐官。在船上时，他心里就总觉得有些不对劲，河道上行驶的船都像疯了似的向前航行，每条船上的人驶过时都会相互打听，说日本人已登陆了，你们知不知道？一听日本人在金山卫登陆了，外公的心里就直发慌，想着家中的父母和哥哥、姐姐、妹妹，他把船驶得飞快。

船靠岸时已是下午。外公告别船老大疾步往前走去，路上没几个行人。就在他快到村子的时候，远远望见村里火光冲天，还不时听见被火烧后房梁的断裂声。他的心"怦怦"乱跳，心想：不好，出事了。

他家在长埭村的东边，是村里最偏僻的地方。与当地所有农家一样，粉墙黛瓦。屋的左边有一池塘，池塘边种着几棵柳树，还有一灌木丛。他生怕遇到日本兵，先猫腰躲在庄稼地的沟壑里。这个季节地里的庄稼全收割完了，田野里除了收割后留下的整齐划一的稻根和零散堆放着的高低不一的柴堆，只有散落在各处的零星的几棵树孤寂地伫立着。

他躲了一会儿，见没人，便起身心急火燎地朝家奔去。

一进院门，他就被吓得半死，只见父母双双被直挺挺地吊在院内的一棵柿子树上。往年一到八月，这棵树上熟透的柿子就像灯笼似的映红了全家人的脸，他会兴奋地爬到树上采摘，妹妹则欢蹦乱跳地在底下接住他丢下来的柿子，一边接一边嘴里不停地喊着："哥哥，哥哥！"她欢呼雀跃的身影和头上两条晃动的羊角辫，惹得他心花怒放。此刻，他的双亲却被悬挂在树上，他们各自脚上的鞋掉了一只，枯黄的树叶洒落一地。哥哥倒在树底下，肚子被刺刀挑开了，血淋淋的肠子流了一地，双臂向上伸展的姿势不由得使人联想他临死前还在试图为拯救父母做最后的努力。

外公的脑袋一片空白。片刻后，他仿佛想起什么似的，疯狂地朝屋里奔去。他先去了父母的卧室，眼前的一幕让他差点晕过去：妹妹赤身裸体仰面躺在床上，稚嫩的脸上沾满血污，两眼睁得老大，透露出无比惊恐和痛苦的表情。她的下身被撕烂了，鲜血顺着大腿根直往下流……他大叫一声扑过去，把她抱在怀里发疯似的摇晃，试图将她摇醒，可一切都无济于事，可怜的妹妹才八岁就被日本鬼子糟蹋而死。他的心在滴血，将她的脸紧贴在自己的脸上。他突然又仿佛想起什么似的神情恍惚地放下妹妹，朝姐姐的卧室奔去，只见姐姐斜躺在床上，浑身上下一丝不挂，脑袋悬挂在床沿下，头发零乱地散开披落在地上，胴体上两只雪白的乳房被残忍地割下扔在一边，一把刺刀无情地捅进她的下体……他眼前一黑，昏死过去。

不知过了多少时间，他才慢慢苏醒过来。他茫然地环视四周，一切是多么的熟悉和陌生，往日平静而充满欢乐的家，此刻变得死一般寂静。他艰难地从地上爬起，跟跟跄跄地走出房间。

他倚着门框向前眺望，只见悬挂在树上父母的躯体和俯卧并还在流淌着鲜血的哥哥的尸体，在如血的残阳下显得格外凄惨。他回首凝望被鬼子奸杀的姐姐和妹妹的尸体，心如刀绞。

他无法忍受自己的亲人被鬼子残忍地杀死，更无法承受这种灭绝人性和惨无人道的屠杀留给他的这种惨烈的场景。他几乎要崩溃了，极度的悲痛使他再也忍受不住内心剧烈的痛苦，"啪"的一下，他跪倒在地，抱着头号啕大哭，绝望的号哭声在夕阳下回荡……

从此，他没有了父母，也没有了兄弟姐妹，有的只是对日本鬼子的深仇大恨。他没有钱购买这么多口棺材来掩埋亲人的尸体，无奈之下，他只好在庄稼地里挖了几个坑，将他们一一裹上破草席草草地掩埋了。

一锹又一锹，一个又一个，他用泥土掩埋了亲人的尸体，却平息不了内心对侵略者的无比仇恨。

凉风瑟瑟，寒雨婆娑。安葬好亲人尸体之后，他知道他的生活将随着亲人们的离去而变得截然不同，他要为亲人们报仇。他背着家中仅剩的一点干粮，打点几件衣服就踏上了寻找打鬼子队伍的行程，他不分昼夜地四处打听。渴了，捧一口河里的水喝；饿了，靠打短工攒点钱买些食物充饥，他发誓一定要找到抗日的队伍以报血海深仇。

他从乍浦到武思，从袁花到盐官，风里来雨里去，冒着酷暑严寒，但三个月过去了，他始终没能找到抗日的队伍。在这期间，他看到了许多惨不忍睹的景象。比如，有一次，他经过一座叫临寺的庙，看到一群日本鬼子正在庙里抢东西，庙里的和尚不服，一个老方丈与他们理论，劝他们放下屠刀，鬼子非但不听，而且将寺庙烧了，还用一根长长的钢丝将二十多名和尚的锁骨一个个串起来，强迫他们走进海里，将他们活活淹死，而这些鬼子却在岸上哈哈大笑。还有一次，他路过一个村庄，看到鬼子在抢粮，村民们不从，他们就架起机枪对着人群一阵扫射，全村的男女老少都死在他们的枪下，鲜血染红了整个村庄，这更加激起他对鬼子的仇恨。有一次，他听说有支队伍袭击了在临城镇扫荡的日本鬼子，他兴奋极了，顾不上天已黑，道路泥泞不堪，连夜赶去。可当他赶到那里时却听说队伍早就开拔了，没办法，他只好钻进临城大桥的桥洞里歇脚。

冬日的夜晚，天气格外寒冷，桥洞的石缝中斜斜地长着一棵枸杞，光秃秃的枝干上没有一片叶子，他躺在湿漉漉的桥洞里想着惨死的父母、兄弟姐妹，想着自己如今却处于上天无路、报仇无门的境地，便鼻子一酸流下泪来。他不知道上哪儿才能找到打鬼子的队伍，更不知道是否能实现为全家报仇雪恨的愿望。这一晚，他辗转反侧怎么也睡不着，好不容易熬到拂晓。朦胧中，他似乎看到有一条船从远处驶来，他赶紧站起身，喊道："船上要伙计吗？"

显然，船老大听见了他的喊声，答道："你会撑船？"

他一听，便迫不及待地说："会！"

"那行，你上来试试吧。"

不一会儿，船行驶至桥下，只见他纵身一跃，身子便稳稳地站在了船头。

船老大一见，连说："好身手，好身手！"

就这样，外公重新干起老本行，终日在海上与河道里行船运货，来往于各地码头。然而，他的内心却无时无刻不在寻找报仇雪恨的机会。

有一天，他终于在离家乡百里地外的盐官找到了抗日组织。这组织有个联络站就设在盐官，他曾多次经过那地方，也多次在那里靠岸给货主装卸货物。通常做伙计的大多不知道雇主让他们装卸的是什么货物，就算是说了，很多时候雇主所说的货物的名称与实际运载的货物完全不同。一开始他觉得很奇怪，有一次他忍不住问船主，不料船主听后反倒训了他一顿，让他以后不要多管闲事，不然的话会让他"开路"。此后，他才明白这是商家的秘密，做伙计的不便多问，船主通常也只是奉命行事而已。

那天，他把老板交代的货物扛在肩膀上，踩着晃晃悠悠的跳板上了岸。就在他把沉重却不知道是什么货物的木箱卸到码头上时，忽然四周枪声大作，接着他的后腰被一把硬邦邦的家伙顶着，没等他回过神来，后面的人说："不要反抗，也不要出声，放下你手中的箱子跟我走！"

无奈之下，他只好将双手举过头顶，乖乖地跟着那人朝前走去。他心惊胆战地踩着街上的青石板，曲里拐弯地穿过几条弄堂，便来到东城门外一幢青砖黛瓦的民宅前。他定神一看，这幢民宅有点眼熟，屋前长着一棵歪脖子老槐树，树底下摆放着一块大青砖。一条河从屋前流过，几级石阶伸至河中，可以供人蹲在那里洗涤东西。岸边长有几棵柳树，其中一棵柳树特别粗壮，有一粗枝伸展至河中央，差不多将河道拦截了一半，大点的船根本无法通过。

河对岸有一竹园，竹林很茂盛。外公忽然想起自己曾经来过这儿，是给宅子里的人送货，每次来去总是很匆忙，往往一交验完货就走。但他不会忘记那棵老槐树给他留下的印象。

进了屋，想不到里面的人他也认识。那个中年男子，短平头，穿一件灰色长衫，是这家杂货店的老板。平日他送货上门时，老板对他总是很客气，面带微笑，很是儒雅。遇到天气炎热，他还会让伙计送上一碗水给他喝，他的言谈举止给外公留下了良好的印象。外公想起他还曾对这老板讲起过自己全家惨遭日本鬼子杀害，准备找抗日队伍报仇雪恨的事。记得当时老板听后只是轻轻地拍了拍他的肩膀，神情严肃却一言不发。想到这里，他有点不安。俗话说，祸从口出。莫不是那天说漏了嘴，才会导致如今被挟持到这里，看来凶多吉少了。

就在他惶恐之际，老板笑容满面地走过来，亲切地拍了拍他的肩膀，然后握住他的手激动地说："你是个有深仇大恨的人，我们早就注意到你了，欢迎你加入抗日队伍。"

他听后，愣了半晌，这才明白，原来自己历经艰辛寻找多时的打鬼子的抗日组织就在眼前。事后，他才知道这个组织极为严密，它就是共产党。

12

　　继外公说，他加入党组织还是以后的事。起初他为这事兴奋了好多天，以为这下可以去杀鬼子报仇了。可没多久，他就发现事情完全不是他想象的那样。那个中年男子只是让他为组织做点在他看起来只是跑跑腿的事，比如汇报日本人什么时候运载什么货物到什么地点，日本兵有什么动静等。这多少让他感到有点泄气，并认为这些都是些鸡毛蒜皮的事，离他想上前线杀鬼子报仇的事还远着呢。时间一长，他觉得组织上似乎对他不太信任或者有点小看他，就暗暗寻思着，找机会自己与鬼子单干。

　　有一天，他随船运载的货物由四个日本兵押船从盐官到乍浦。虽说他不知道船上运载的究竟是什么货，但凭他多年经验，觉得这一船装的不是枪支弹药就是军需品和食品，此刻没有时间和机会容他去报告组织，于是他就决定找时机把这船货物靠自己的能力拦截下来。有时候机遇就像是从天上掉下来一般，令他自己也不敢相信。那天上午，起航时原本好端端的天气突然乌云密布，刮起了七八级大风，船行至秦山脚下时竟又下起了倾盆大雨。一时间，狂风卷着巨浪将船毫不留情地抛上又抛下，外公从小就在江河湖海里成长，对他来说此时的船就像是只摇篮在风中晃荡，他丝毫没感到害怕，反倒心里暗自高兴，因为他感到自己蕴酿已久的复仇计划终于要实现了。

那四个日本兵，起初端着枪警觉地站在船头与船尾警戒，船一驶入深海，兴许他们望着茫茫的大海觉得枯燥无味，于是船头与船尾的两对日本兵相互拉起了家常，外公先是努力听着，后来发现根本听不懂他们"叽里咕噜"地究竟在说些什么，干脆也就不再听，暗自盘算着怎样才能把这些日本兵杀了，以报全家之仇。

傍晚时分，雨下得更加猛烈了，船一会儿被汹涌的浪涛抬起，一会儿又沉至谷底。眨眼间，风向骤变，将船朝相反的方向狂吹，弄得船在海面上直打转。四个日本兵显然没经历过这般风浪，在船头与船尾前俯后仰根本站立不住。外公一见，心想这可是个极好机会，迅速走到两个日本兵面前比画着指着船舱喊："快进舱里去，快进去……"

他俩一见，显然明白了他的意思，或许在他们看来外公只是个老实巴交的船工，而不是他们所要提防的游击队、八路军之类的危险分子，于是那两个船头的鬼子与船尾的鬼子"叽里咕噜"一通后，抹去脸上的雨水，缩着脑袋抱枪迅速钻进了船舱。

这可把外公乐坏了，他立刻神色紧张地将自己的意图给正在掌舵的船老大说了，谁知船老大一听，把头摇得像拨浪鼓似的。一方面，他觉得算上伙计他们才三个人，敌众我寡，弄不好没将他们杀死不说，还把自己的命也搭上了；另一方面，他是个老实敦厚之人，好不容易积蓄点钱买了条船，靠跑码头养活家人，现在有人竟想把船上的鬼子杀了，这可是件人命关天的大事，且不说犯了此等大罪会遭遇什么样的结果，以后恐怕连自己运载货物的路也给截断了，这让他以后靠什么维持生计。

外公听完，着急地说："你不干我干，反正我一个人也要把这些日本兵杀了。"就在他俩为此争执不下时，舱内钻出一个日本兵。只见他迅捷地朝他俩看了一眼，转头又打量一下四周，除了白茫茫的一片啥也看不见。

他便走到船舷边毫无顾忌地站着，朝着茫茫大海撒起尿来。说时迟那时快，外公趁他不备一个箭步蹿上去，朝他后背狠狠一推，还没等船老大明白过来是怎么一回事，那个日本兵连喊都没喊出声，就跌入大海中被翻滚的浪涛翻卷得不见了踪影……

俗话说，开弓没有回头箭。刚才还与外公争执不下的船老大此刻也不再犹豫，他清楚外公的举动早已使所有在这条船上的人都没有了退路，只有将剩下的三个日本兵除掉，他们才有活下去的可能，否则只有死路一条。

或许是船舱里的日本兵左等右等不见同伴回去，抑或是因为尿急出来方便，还没等外公和船老大商讨出怎样把里面的人干掉的具体方案，船舱内竟然又出来一个日本兵，他先是扛着枪站在那儿左右打量一番，然后径直走到外公面前"哇啦哇啦"地用手比画着，他的语言和比画的手势外公不明白，但根据他满脸狐疑的神情，外公猜测那可能是在询问方才出来的同伴的下落。于是外公一脸淡定地把他带到方才日本鬼子落水的地方，比画着示意他的同伴已掉进了大海。这让那日本兵大惊失色，他半信半疑地朝外公看一眼后便俯身朝大海里张望，没等他回过头来，外公又像先前那样迅速将他推下大海，那日本兵大叫了一声，但喊声倾刻间被急骤的风雨声和滚滚的浪涛声湮没了。

外公望着咆哮的大海，心中涌起一股无以名状的复仇后的快感，他转过头与船老大对视一眼，两人会心地点点头。他从心底里觉得用这种既简单又原始的手段除掉鬼子是最好不过的方法，这多少使他感到有种神不知鬼不觉地杀鬼子的痛快。外公觉得仿佛是死去的父母和兄弟姐妹在冥冥之中帮助了他，因此他才可以如此轻而易举地除掉那些侵略者。亲人们死得冤啊！这笔血债一定要让侵略者加倍偿还。

他俩紧张地窥视着舱内的动静，奇怪的是船舱里悄无声息。外公急了，他怕时间一长情况有变，就按捺不住急切的心情，走到舱外蹲下身子往舱内看。这一看让他大喜过望，只见两个日本兵各自怀抱着枪躺在舱内像死猪似的打着呼噜。报仇心切的他来不及跟船老大打个招呼就轻手蹑脚地摸了进去，他先是抽了一下睡在舱边日本兵的枪，发现他没丝毫警觉，就轻轻抽去他手里的枪。外公很兴奋，他把到手的枪悄悄地放到舱外，接着又想如法炮制，夺取另一个日本兵手中的枪。岂知，那个年长点的日本兵很警觉，外公的手刚触碰到他怀里的枪，他立马就惊醒了，这使外公吓了一跳。他睁眼见是外公，就睡眼惺忪地问："你的，什么的干活？"

外公一听，慌忙拿起身边的茶壶比画着，然后伸长脖子喝起来。日本兵一见，放松了警惕，等外公喝完后，他就指着舱外让外公出去，接着又搂住枪歪着脑袋毫无戒备地睡了。

外公走出船舱，轻声轻气地将里面的情形告诉了船老大。一不做二不休，两人决定一对一解决日本鬼子，实在不行就抱着日本兵一起跳海。决心一下，什么顾虑都没有了。外公让小伙计掌舵，他与船老大去舱内。此时船被风浪打得在漩涡里打转，使得人站立不稳。外公手握一把砍柴刀满脸杀气地钻进舱内。船老大捡起外公放在舱外上了刺刀的枪，紧随其后，狠狠地朝一日本兵的心脏扎去，对方还没弄明白怎么回事，便惨叫一声挣扎几下去见了阎王。外公不知是因为紧张还是被心中长久积压的仇恨和愤怒迷糊了双眼，他对准另一个抱着枪酣睡的日本鬼子一刀砍下去时，竟然砍了个空，从迷糊中惊醒的日本兵惊恐地举起枪，对准外公扣动了扳机，船老大一见，像猛虎下山般从旁扑上去。枪响了，船老大像醉汉似的摇晃一下扑倒在日本兵身上，他的双手死死地掐住对方的脖颈与之扭打在一起。此时外公望着在舱内滚来滚去的他俩，举着砍刀不知如何是好。突然他看到船老大的后背渗出了鲜血，这才明白船老大为救他而中了日本兵的子弹。此时日本兵将船老大压在身下，外公举起刀朝日本兵的脑袋狠狠砍了下去。刚才还掐住船老大脖子杀气腾腾的日本兵，脑袋倾刻像西瓜似的被劈成两半，身躯滚落在地，鲜血喷射出来，脑浆流了一地，日本兵死了。

外公扔掉砍刀，将船老大紧紧搂在怀里哽咽着连声说："对不起，对不起。"可船老大却喘着粗气说："不要说对不起，那是我想做而一直不敢做的事情，今天能与你一起杀鬼子，了却了我埋藏在心底的一个心愿。"他吃力地告诉外公："三年前，我的妻子也是被去我们村扫荡的日本兵奸污后刺死的，当时我远在异乡运货，等我回到家时，妻子已被家人掩埋了。那天我跪在妻子的坟前，发誓一定要为她报仇，可说是那么说，真要报仇也不是件容易的事。如今家中只剩下年迈的双亲，赡养和照顾他们成了我的责任。"说着说着他的呼吸急促起来。他说："终于给妻子报了仇，两命抵一命，自己知道会死，但一点也不后悔今日所做的一切。"外公听着，忍不住流下了眼泪，谁能想到，船老大与他一样也有一本血泪账。舱外，风雨交加，大海茫茫，船老大终因失血过多而死在外公的怀里。他的死让外公很自责，他向船老大发誓：还会继续杀鬼子给他和他的妻子报仇。船是回不去了，回去就等于去送死。再说，他也不想回去，原本自己的目的就是截下这船货，但这批货物究竟如何处置呢？突然，他想到了一个地方——白塔山。

外公趁着天黑与伙计一起将船驶向那个神秘的海岛。

天蒙蒙亮时，船靠了岸。此时风停了，雨也停了。外公却已精疲力竭。然而，他不敢懈怠，他用刀撬开船上的一箱货物，一看立马就傻了眼，满箱的枪油光锃亮，整齐地排放在里面。再开一箱，是子弹。这使外公又惊又喜，惊的是，一旦日本人发现这船枪支弹药连同押送武器的日本兵都莫名其妙地失踪了，就会立马在这沿海地区及船上严加盘查与追踪，这样一来，他岂不是有生命危险？喜的是，无意中，他竟然搞到了一批武器弹药，这对武装打日本兵的队伍有多好，而他也可以用这些武器来打鬼子为家人报仇了。可使他感到为难的是，眼下这批武器还不能直接运到盐官交给组织，他估计日本人过不了多久就会知道他们所托运的这船武器连同押运货物的同伴失踪了，如此一来，或许没等他们回到盐官就已经被通缉了。思来想去，他决定上岛打探一下情况再做决定。

外公让小伙计看守着船，自己则跳上沙滩顺着山坡往上走。时值冬春交替时节，山道弯弯，两旁尽是些茶树，夹杂其间的是香樟和许多不知名的杂树。一垄垄的茶树还没长出新叶，看上去墨绿墨绿的一片。一丛丛枯黄的芦苇在春寒料峭中摇曳，黄与绿交替着两个季节。此时的外公无心留恋一路的景色，他警惕地环视着岛上的动静，他想，只要岛上没人，这儿就是这批武器最理想的藏身之地。

没走多远，他发现了一座寺庙，寺庙不大且十分破旧。断壁残垣上爬满了枯萎的藤条，他走了进去，见庙内布满了灰尘，砖砌的供桌还在，佛像却没了踪影，取而代之的是满目的蜘蛛网，他挥手掸去眼前的蛛丝网，觉得庙虽破旧不堪但仍可藏身。

他走出寺庙，往前走了七八分钟，就到了海岛的一处悬崖，他站在那儿，只见脚下海浪轻拍礁石，不时传来阵阵涛声。不远的地方还有两座海岛，上面树木森森。他无心恋景，转身朝原路返回，一路走下来，没发现有人住的迹象，这使他放下心来。

回到船上，外公与小伙计先把船上的武器弹药扛上山去，藏在那座寺庙里。随后又在山上采了许多树枝盖在箱子上面。

接着两人在船上找到一把铲子，含着眼泪在海岛的东北角挖个坑，将船老大埋了。船老大的入土仪式很简单，他们用一块遮盖武器的油布将船老大的身躯包裹后，就把他轻轻置于土坑内掩埋了。外公在坟旁种上一棵松树，以便日后识别。船老大的死让外公非常难过也很内疚，他决定等风声过后找机会赶去船老大老家，看望他父母，替他尽点孝心。

外公和小伙计以缴获的鬼子军用食品度日，说实话，外公觉得自己活到现在，从来没吃到过这么好吃的东西，有饼干、熏肉、水果等。岛上的日子很寂寞也很无聊，他们船上的淡水也不多，好在外公很有办法，没事就在岛上有意无意地转悠。他知道靠缴获的食品、罐头可以过一阵子，可没有淡水远比没有食物更令他担心。有一天，他在离寺庙不远的松树林旁发现一泓清泉，清泉的面积并不大，十平方米左右，四周生长着一些灌木丛。这是岛上唯一的淡水，这令他喜出望外，他俩的生命全仰仗它来维系。这期间，外公采来针松叶用嘴咀嚼出汁，涂在自己的伤口上。转眼半月过去，伤口也愈合了。但外公心里仍不踏实，这里与世隔绝成了世外桃源，可长期这样待下去也不是个办法。两人一合计，就做出决定，将这批武器先隐藏在寺庙里，回去打探一下情况后再做安排。

趁着夜深人静，他俩撑船驶离了藏身多日的海岛。

一路行去，风平浪静。可外公的内心却很不平静。他怕半路上遇到正在追查船只的鬼子巡逻艇，要是被逮住，怕是还没等他把武器交到组织手上，就没了性命。途中，外公对小伙计做了一番认真的交代："万一我落在日本鬼子手里，请你一定要想方设法把隐藏武器的地点通知给组织。"外公认为自己的命没了是小事，这批枪支弹药可是大事，直说得小伙计诅咒发誓他才相信。

外公这次航行的线路与通常行驶的路线不同，因此途中没有遇到日本鬼子的巡逻艇。到达乍浦码头时已是上午九时光景，码头上人来人往很是热闹，外公把缆绳拴在一根木桩上，又对小伙计叮咛了几句，便独自一人上了岸。

天空中飘浮着几片淡淡的白云，外公在不经意间看到了我的外婆。

13

那时外婆已完全疯了，她衣衫褴褛，蓬头垢面，露出的皮肉青一块，紫一块。她被一群不懂事的孩子追逐着，他们不停地用石头、泥块、烂菜皮扔她，奇怪的是，她始终没有制止或还手，相反还对这些孩子傻傻地笑。随后又坐在海堤上呆呆地远眺着海上来往的船只，望着海天相连的远方，似乎在等待着什么。

外公走过外婆的身边时，只是不经意地看了一眼，然后又掉过头走自己的路。外婆望着前面的那片海，好像这世界上除了那片海所有的一切都不存在。

外公回到自己的家，如今家里已没有了亲人，这里的一切是那么不堪入目。他站在自家的断壁残垣前用手挥去悬挂在门框上的蜘蛛网，眼前顿时浮现出父母和兄弟姐妹们的身影，回想起昔日与他们相处的日子，他悲痛不已。

随后外公去了父母的坟地，又在兄弟姐妹们的坟前伫立良久，他们的坟头已长满杂草，风一吹，甚是凄凉。他在每个坟头前磕了头，流着眼泪说："我已杀了四个鬼子，还会继续杀日本鬼子，直至把他们赶出中国，此仇不报非男人也！"

当他再次经过外婆坐着的海堤时，只见她直挺挺地躺在地上，身上一丝不挂。他一阵心酸，觉得自己不能见死不救，"救人一命，胜造七级浮屠"。而后又一想，如果救了她，自己又该如何安置她？他犹豫了，站在那里不知如何是好。路人匆匆而过，也有偶尔停下脚步看她一眼的，这年头人人自顾不暇，谁还有心力去管一个疯婆子？外公沉思片刻，迈开步子朝前走去，可就在此时，外婆嘴里突然嘟哝了一声，好像是在叫一个人的名字。他停住脚步，仔细倾听，她似乎嘴上在唤："小伯。"这使他不敢相信，小伯是他的名字，她怎么会知道呢？他迟疑了一下，决定返回去。

他站在她的面前，然后俯下身，仔细打量，只见她满脸污垢，头发蓬松如乱草一般，裸露的躯体犹如一条沾满了污秽的泥鳅，软弱无力地躺在满是芦苇的沼泽地旁，奄奄一息。就在此时，外婆的眼睛突然睁了一下，并且有意无意地望了他一眼，接着就像被什么东西摄住似的一动不动地凝视着他。外公的心好像被什么东西拨动了一下，有点隐隐作痛。他立刻相信这是天意，认定自己确实对她动了恻隐之心。他蹲下身去，摸了摸她的鼻孔，发现还有一丝气息。他赶忙脱下自己的外套，将她包裹得严严实实，抱起她连奔带跑地将她送进了当地一家小诊所，在一名张姓医生的抢救下，她终于苏醒过来。

外公将她背回了家。

苏醒过来的外婆，洗去身上的尘污，换上一套白衣白裤，着实让救她的外公感到十分意外。她躺在床上，眉宇间透着一丝悲伤和哀怨，哀怨中透露出一股超凡脱俗的气质，这是经历了心灵和肉体的摧残后涅槃似的纯净，让人见了禁不住要去怜惜她，帮助她。外公望着她说："你不要怕，我会对你好的，会对你好的。"

外公用温情和耐心照顾着外婆，为她煎药换药，擦屎擦尿，洗澡喂饭。起初外婆对他充满敌意，他只要一碰到她，她就会对他又打又咬又踢。他不知道她为什么这样对自己，但她只是出于本能防范着这个不知出于什么用意收留她的男人。在她的潜意识里，他似乎就是自己所经历过的那个男人，那个男人曾经对她也是那么好，可后来不知怎么就不再要她，弃她而去。这让她对所有企图接近她的男人都充满了敌意，因此她是绝对不允许他触碰她的。然而当她发现他不仅触碰了她，还给她擦洗干净身体，她大为吃惊，一种不信任感蓦然在她心里升起，她甚至怀疑他对她曾经做过什么不轨的事情，可她又隐约感到他只是想帮助她，对她并没有什么恶意。渐渐地，她发现这个男人不同于自己先前的那个男人，这个男人对她不仅毫无恶意，还耐心地照料她。她觉得他对自己不错，感到很温暖，慢慢地，竟产生了一种安全感，也就接受了他对自己的呵护。

身体恢复中的外婆可以在屋里屋外走动了，但整个人还是神志不清。她一会儿给残缺的院墙垒几块砖，一会儿给砸坏的灶头糊点泥，还弄了点面糊把外公捡来的几张废报纸贴在墙上，并在院子里种上一些菜。尽管她从不对他说话，动作也很迟缓与机械，可看得出来她似乎在渐渐恢复意识。

外公看在眼里喜在心头，有一种说不出来的宽慰。这段时间，他惦记着那批藏在白塔山的所缴获的枪支弹药，常常忧心得夜不能寐。但他不敢轻举妄动，怕稍有不慎就会捅出娄子误了大事。他在等待最佳时机，将缴获的这批武器告诉组织。由于有了外婆，一时间，他变得不好脱身也不像原先那样可以随心所欲了，他怕离开后外婆会出什么状况。其实外公根本不清楚他为什么会对一个疯女人产生这样一种特殊的感情，这种情感他从来没有过，有时他觉得就像多了个母亲，有时又像多了个姐姐，从她身上他仿佛又看到了自己姐妹的影子：美丽单纯、超凡脱俗。有时候连他自己也弄不明白，自从她出现后他的生活好像一下全变了，变得充实、充满生机。他下地干活时，她会坐在田埂上眺望着远处的田野发呆，偶尔也会帮着他种菜。奇怪的是，即使她一言不发，外公的心里也仍感到无比的愉悦。做饭时，她先是看着他忙这忙那，随后会夺过他手中的淘箩，将米倒入铁锅中，手脚麻利地添上水，盖上锅盖，坐在灶膛前烧火。外公发现她苍白的脸庞此刻被火光映得格外楚楚动人。

然而那船枪支弹药令外公无法安心，觉得这样下去也不是个办法。

外公决定去乍浦码头看望船上的小伙计，但又放心不下外婆，于是便和她商量。岂知，她听后不停地用手比画着，似乎在说不放他走，眼神中还流露出十分惊恐的神色。外公一见，不再和她解释什么就带上她一起去了码头。

外公找到了那条船，小伙计一见到他就高兴得跳起来。原来这些天趁着外公不在，他在帮助其他船上的船老大运载物货，那条船上的船老大做起事来大刀阔斧，让他也好好赚了一些。口袋里有了钱，口气也就大了，说要请外公吃饭，一来叙叙情，二来诉说他的想法。外公一听，二话没说，拉着外婆就随伙计上了离码头不远的一家饭馆。

这饭馆不大，里面只有三张桌子。他们找了靠窗口的一张桌子。刚坐下，外公就把外婆介绍给小伙计，小伙计听后，脸上露出理解和怜悯的神情，什么话也不说，等菜上来后，他就用筷子一个劲儿地往外婆碗里夹菜。起初，外公以为她会像拒绝所有人一样拒绝小伙计对她的这番热情招待，令外公意想不到的是，外婆好像变了个人似的，露出难得的一笑。

小伙计才十六岁，他十二岁就上船当了伙计。或许他经历了不少的世面，因此看上去比一般同龄人要成熟得多。见了外婆，不知是他想起了自己的亲人，还是他觉得她是外公的女人，因而对她倍感亲切，也就特别关照她。席间，她每吃一口饭菜就偷偷望一眼小伙计，眼神就像母亲凝望自己孩子那般慈祥。外公见了，心中暗暗思忖，她过去一定遭受过极大的伤害，不然她怎会变得如此疯癫？疯了的她看见小伙计居然一反常态地表现出如此好的精神状态，难道说她的疯与孩子有关？就在外婆若有所思地望着小伙计时，外公已和小伙计商量好了去盐官寻找组织的决定。

可带着疯癫的外婆怎么行呢？

外公感到左右为难。突然小伙计心生一计，说可以先把她暂时安顿在白塔山上，那里既无人迹也不可能走丢，等他俩与组织接上头后再把她连同那批武器一起带回家。外公一听，起初不肯，把脑袋摇得像拨浪鼓似的，可转而一想，这也许是一个不错的办法，再说不这样又能咋办呢？总不能把疯疯癫癫的人带在身边，去做一件充满危险、绝密和重要的事。如果被鬼子发现，他俩恐怕性命都难保，更不要说顾及外婆了。好在盐官与白塔山之间的海路不长，打个来回也最多四天时间，他俩一琢磨，决定快去快回，从饭店出来就在街上买了够三个人吃一个多星期的干粮，径直去了码头。

外公踩着跳板上了船。他站在船上担心地招呼着岸上的外婆。谁知她一踩上跳板就如履平地般稳当，脚底下的滔滔海水她全然不在乎。莫非她出生在船上？因为急着航行赶路，这种猜疑只是一闪念就在他脑海里消失了。

起锚了。外公怕外婆晕船就建议她进舱内去休息。岂知外婆非但不肯还将两只脚悬荡在船舷边，任凭溅起的浪花在脚下流过。外公心里想，莫非她的身世与船有着千丝万缕的联系？那么她究竟从什么地方来，又经历了什么？……在外公脑海里无数个疑问中，船终于在白塔山靠了岸。

跳上海滩，外公带着她顺着山道到了那座寺庙。庙内一如既往，数十箱枪支弹药安然无恙，飘下的枯叶落在箱顶，四周显得格外宁静。他让小伙计打扫了一下寺院，准备留宿一晚后次日再赶路。

外公带着外婆在岛上到处游走，一路走一边给她讲述海岛上的基本情况并交代回寺院的路，怕她记不住路，还特地折了几根树枝插在地上，临了不忘系上个布条做标记。

令外公诧异的是，外婆一踏上这座海岛就表现出异乎寻常的兴奋。她一边走一边挥动着手里的柳枝，一会儿低头察看地上的落叶，一会儿捡起石块朝远处扔去，她的举动犹如孩童般调皮，使外公感到好奇并困惑不已。想想这些日子，他几乎见不到她的笑容。如今在这座孤岛上她却能展露笑容，是这儿的一切让她感到新鲜？还是岛上的某些东西唤起了她对以往事情的回忆？抑或是她那饱经风霜的心灵在这片人迹罕至的地方得到了些许释放？……他无法猜测，只是让她尽快熟悉这荒岛上的一切，好让她在这里独自一人生活下去。

最后外公领着外婆去了海岛上唯一的水源旁，望着一泓清泉，外公告诉她，他要和伙计去一趟盐官，因为事情紧急也很重要，不能带她同去，但他保证三四天最多五天内就回来。说这番话时，外公以为她会表示出不愿意并会表现出相当激烈的情绪，岂料，她只是茫然地看了他一眼，若有所思地低着脑袋，一只脚在地上不停地划来划去。

想着要尽可能快地与组织取得联系并把这批缴获的武器运出去，外公也就没再多想，在他看来这座杳无人烟的海岛，外婆只要乖乖在上面待着，是不会出什么乱子的，不出三四天他就可以回岛上与她相聚，到时带她走也不迟。

他带着她重新回到寺庙里，留下一些干粮，并交代干粮吃完了可以用缴获的罐头食品充饥。她似懂非懂地点了点头，脸上露出一丝神秘莫测的微笑，这种微笑不知怎么让外公感到脊背上有一丝凉意。

船驶离海岛，外公站在船头望着岛上显得越来越小的外婆的身影，心头掠过一丝不安。好在盐官不远，顺风顺水抄近路行驶一天多就到了。怕引起鬼子的注意，外公把船停靠在离码头较远的地方，与小伙计一起踩着泥泞的芦苇荡朝镇上走去。

他俩的脚步急速地在街道的青石板上行走，穿过小巷，跨过石桥，他们不时警惕地回头观望身后是否有陌生人盯梢。一路行去，没发觉有什么异常情况，当外公越接近那棵老槐树时，他的心就跳得越快。他打量一下四周，见无可疑的行迹，便一个箭步窜到门前，用联络暗号敲起了门。

"吱呀"一声门开了。里面探出一个陌生人的脑袋。还没等外公做出任何反应，那人一把将他拖了进去，瞬间，一把枪顶在他太阳穴上，一个凶巴巴的声音传来："不许动，动就打死你！"

小伙计一见慌忙转身就跑，却被埋伏在槐树背后的人冲出来逮住了。

外公这才恍然大悟，原来是被埋伏在那里的日本特务抓了。在遭受一番盘问之后，他被五花大绑蒙面押往一处不知名的地方。途中，他没见小伙计的踪影。这地方庭院深深，院墙四周布满铁丝网，他沿着一座老宅的走廊往前行，只见两边房间里关押着许多人，屋内不时传出打骂声和哭喊声。

外公一进去就被日本人提审了，这种提审说白了就是逼供，就是对你动刑，使你痛不欲生。倘若不是钢铁般意志的人还真过不了这一关。外公被怀疑与劫走的那船武器有关，并认定他是共产党。这让外公很不服气，他心想自己虽然劫走了那批武器，可至今自己连共产党这个名称的边都没挨上，怎么可以说是这个组织的人？再说他如果承认是他劫走了那批武器不就成了傻瓜，他知道进了这魔窟就等于进了鬼门关，不管他招不招，都是一个字：死！自己死了倒不可怕，他担心的是被他贸然留在孤岛上的外婆和这批武器该怎么办？他觉得不管怎么样他宁死都不能招认强加在他头上的罪状。他的这种态度惹怒了审问他的日本特务，他们睁大了由于恼羞成怒而涨得通红的眼睛，对他大打出手，并轮流变换着各种刑具对他施刑，直打得他昏死过去才把他扔进了牢里。

14

　　外婆在白塔山上迷迷糊糊地记得外公曾对她说过的话，过三四天最多五天就会回到这岛上带她走。她不知道三四天的时间有多长，这儿没有钟，只有日升月落的白天黑夜。她先是在岛上漫山遍野地胡乱转悠，山上的草很长，有好几处草竟然没过她的头顶。令她感到好奇的是，山上的树却长不高，好多地方的树两棵并排而立，一棵大点一棵小些，像并蒂莲似的，她忽然觉得它们就犹如一男一女，风一吹，相互点头致意。她觉得这个地方仿佛很熟悉，似曾来过；似乎很遥远，但又仿佛近在眼前。她不明白自己的思维为什么变成这个样子，有些往事仿佛到了眼前看似就要抓住了，又忽然莫明其妙地飘得无影无踪了。

　　她在山上漫无目的地走着，饿了啃口干粮，渴了就喝泉水。有一天，外婆蹲在泉水旁无意中照见了自己的脸庞，她惊呆了。这张脸她似乎很熟悉，但似乎又感到很陌生从没见到过。她捧起一把水洗了洗沾着污秽的脸，脸庞映在水中显得很白净，她仿佛记起她是谁了，但只是一刹那就又忘却了。于是，她生气地捡起一块石子扔了下去，泉水里蓦然溅起水花，倒映在水中的脸一下破碎了。过去好多天了，这孤岛上除了黑夜或白天能够证明流逝的时间，对她这样还处于疯癫状态的人来说，是分不清究竟过去了多少个白天与黑夜的。

渐渐地，岛上的干粮和缴获的食品都被她吃完了，从春天进入夏天，又从夏天变到了秋天，树上的绿叶开始变黄了，季节的变化对于一个疯癫的人来说所产生的影响并不大，她似乎更乐意待在这种没有人烟的地方。一个人自由自在，没人可以伤害她，在这岛上她行动自如，精神也似乎好了许多。出没于草丛中的野兔和飞翔的海鸟成了她的好朋友，它们经过她身边时并不怕她，有时海鸟还会跟在她身后"叽叽喳喳"地鸣叫，像是在跟她打招呼似的。外婆有时会像想到什么似的，跑到海边的山顶上，痴痴地眺望着远处的海面，她似乎在等待什么，她在等待的那个人好像与其他的男人不同，在她的脑海里会不时地出现，她甚至有点想念他。随着日子慢慢地流逝，外婆隐约感觉到危险好像在渐渐地向她逼近，但她并不感到害怕。

她饿了就去采摘些野果和野菜吃，后来连那些东西都采摘完了，她就扒树皮吃……或许是疯了的她经历了各种恶劣的环境，在这荒岛上的一切艰辛生活，她都能与之抗争，在这荒无人烟的岛上，她不知不觉地度过了两个季节。

冬天来了，寒风凛冽。岛上的一切变得异常萧条，四周寂寥得让人难以忍受。此时的外婆已变得跟从前一样，疯疯癫癫，衣不遮体，她不明白曾经救过她并对她好的那个男人为什么一去就不复返，更不清楚他为什么把她莫名其妙地带到这个与世隔绝的荒岛上来，还说三四天就会回来接她，可迄今好像过了好久还不见他的踪影。生存环境的恶劣与极度的饥饿终于使她病倒了。

深夜，她躺在寺庙的供桌上茫然地凝望着千疮百孔的殿顶，月光犹如无数把闪着寒光的锋利的刀，穿过破旧的殿顶刺在她的身上，晃动出一道道斑驳的伤痕，她的眼前开始出现幻觉。迷糊中，她好像就在原先她丈夫那条大大的帆船上，那条船承载着她的幸福和欢乐，同样也带给了她不幸与痛苦。她的眼前仿佛浮现出她的丈夫，仿佛看见她的第一个孩子张开双臂朝她晃晃悠悠地走来，她快步跑过去想拥抱他，却不知怎么他一下就隐身而去……恍惚中，她好像听见丈夫在讲述发生在白塔山上的那对男女青年的爱情故事，他的声音亲切并富有磁性，听着听着，她仿佛就被他牵引着从供桌上爬下来，步履蹒跚地朝院门外走去。她一直以为这只是个传说，奇怪的是，此时她的心像一盏明灯似的，她觉得那个美丽传说中的女主人公好像就是自己。山路崎岖无比，她跌倒了，爬起来，又跌倒，再爬起来，如此反反复复，她再也无法站立，只好慢慢爬行。她爬呀爬，不知爬了多久，手磨出了血，膝盖也磨破了，极度的疲惫使她进入了虚脱状态。天蒙蒙亮时，她终于爬到临近海滩的那座山顶上，上面竟然放置着一口荷花缸，她好像早知道有人为她准备好似的，被一种力量驱使着迫不及待地用尽全身的力气爬了进去，触碰到缸内时，她感觉底下有什么硬邦邦的东西，她模仿着传说中那位姑娘两手合掌的姿态，但虚弱的身体已使她根本无法坐直，于是只好喘着粗气软弱地斜靠在缸内。一阵晕眩袭来，渐渐地，她整个身子飘浮起来，又轻轻地沉了下去……

15

　　外公被日本鬼子放出来的一瞬间，就连他本人都不敢相信，他不清楚是他死不招供的策略起了作用，还是什么其他因素，反正他被扔出那扇阴森可怕围着铁丝网高墙的大门时，就犹如从噩梦中醒来一般。他站在大门口抚摸着自己遍体鳞伤的躯体，回首望了一下紧闭的那扇铁铸的黑漆大门，想到岛上的她，他不敢再有丝毫的懈怠，便拖着虚弱不堪的身躯，心急火燎地顺着河道找到那条停放的船，便迫不及待地向白塔山驶去。此时此刻，他只想着赶快去往白塔山看望那个不知名姓的她。

　　船在海中行驶，寒风呼啸，冷凄凄的风吹在脸上使他感到如刀剜似的疼痛。他不停地摇着船，想以最快的速度到达目的地。他的内心深处是非常惶恐的，这种惶恐如同一条蛇缠咬着他的心。他觉得自己是多么鲁莽，有可能犯下了一辈子都无法饶恕的错误：将一个女人孤零零地遗留在一座荒无人烟的孤岛上，况且还是个疯癫得无法自理的女人。这些日子她不知道怎么样了？想到深处，他忍不住抡起胳膊狠狠抽了自己一巴掌，这一巴掌抽下去脸麻痛麻痛的，但他觉得似乎只有这样才能减轻一些内心的自责和焦虑。他拼命地摇呀摇，完全忘记了自己在黑夜里航行于茫茫大海之中的恐惧。他咬着牙以最快的速度抄近路直接驶向白塔山的海域。

东方露出鱼肚白时，他终于到达目的地。

船一靠岸，外公就疯狂地朝那座寺庙奔去。好几次他跌倒了再爬起来，高一脚低一脚地往前跑，寺院周围一片寂静。他冲了进去，令他担心的是，除了那数十箱武器原封不动地在那里，根本就不见外婆的踪影。他想呼唤她的名字，却猛然想起至今他仍不知道她叫什么。他急了，开始在岛上漫无边际地狂奔，用焦虑的目光四处搜索。树林中，草丛里，礁石下，石头缝里能找的地方他都找遍了，可还是不见她的踪影。他太焦虑、太疲惫了，无奈之下，只好一屁股坐在礁石上望着茫茫大海失声痛哭，他捶胸顿足嘴里"啊啊"着，眼前不时晃动着心爱女人的身影。忽然一种不祥的阴影笼罩着他：或许她死了。这念头刚一闪过，马上又被他否定了。他觉得她不是一般的女人，从初次见到她时他就有这种感觉，她是不会那么轻易死去的。想到这儿，他觉得自己无论如何生要见人，死要见尸，他分析并猜想着外婆可能去的地方。蓦然一个念头闪过他的脑海，他"嚯"地一下起身，毫不犹豫地朝刚才来的方向跑去，他连奔带跑地爬上了靠近海边的山顶。眼前的一幕让他震惊：她静静地端坐在一只荷花缸内，身子微微倾斜，面容憔悴，双眼紧闭，两手合掌，面朝大海，奄奄一息……

外公一见，心如刀绞。他不顾一切地扑上去，双手抓住她的双肩使劲摇晃："都是我不好，你不要吓我，你不能死，你快醒来！"

此刻的外婆正徘徊在生与死的边缘，弥留之际她好像听到有人在呼唤她，她竭力想睁开眼睛，但根本没法睁眼。

"你快醒来呀！快醒来呀！"她又听见这个声音在呼唤，这声音仿佛既陌生又很熟悉，便有气无力似醒非醒地转了转眼珠。

"你还活着。"外公感觉到了她的细微变化，俯下身，一把抱住她，泪水夺眶而出。他以为她会责怪她，或者对他表示出愤怒的情绪。岂知，她却像一个久盼的意愿已实现似的，如释重负地冲他莞尔一笑，脑袋一歪，昏了过去。

外公很惊诧，在平时他是很少见到她的笑容的，这个神秘的微笑使他感到不可思议，他感觉她对他的到来是发自内心的高兴。他赶紧取下挂在身上的装有水的玻璃瓶，打开盖子，将水往她的嘴里送，或许是太渴的缘故，抑或是过分饥饿，外婆张开嘴如饥似渴地喝起来，慢慢地，她睁开了眼睛，当她凝望着眼前这个既熟悉又陌生、既模糊又清晰、既生疏又亲切的那张男人的脸时，泪水顺着她的眼角默默地流了下来。他当即决定，把她连同那船枪支弹药连夜运回家。

就这样，外公奋力摇着船，外婆则奄奄一息地躺在船舱里。他不顾一切地沿着离目的地最近的水路奋力向前摇呀摇，好在那晚风平浪静，船行驶得也顺当。到达乍浦的时间竟然比往日缩短了近一小时。

外公把船驶进离乍浦码头不远的一条河道里隐藏起来，那儿河道交错，芦苇纵深，倘若从远处眺望，船在其中根本看不出来。随后外公背上她去当地的诊所治疗，那位曾经给外婆治过病的医生一见她，就板着脸责怪外公说："怎么回事？她比上次的病情还严重。"

外公听了，只得胡编乱造："她离家出走多时，我这才找到她。"

他俩对话时，外婆迷糊着，眼皮也睁不开。她静静地躺在床榻上，软弱无力的样子就像一付散了架的玩偶。外公握着她手喃喃地说："我再也不会离开你，不会离开你了！"

听了他话，她仿佛明白了他的意思，竟然睁开眼睛凝视着他，这让外公十分惊喜。

殊不知他把她带回家已数月，她总沉溺在自己的世界里，他还没发现她对任何人和事表示过自己的态度，也从未对他表达过一种自觉的爱意，可如今她充满怜爱的眼神里竟柔柔地透出好感来，令他感到她是那样的可爱和楚楚动人。医生见了也忍不住说："她好像有了自主意识。"

外公听罢，嘴上不说，心里却很诧异，这些日子她独自一人在那座孤岛上，居无定所，渴了喝那泉水，饿了采点野果子吃，过着野人一般的生活，怎么精神状态反倒比他第一次在码头遇见她时要好呢？外公不了解外婆曾经的经历，也就无法了解她突然出现的自主意识。其实外婆在潜意识中已经回到了过去，她阶段性的记忆思维常常跳跃得飞快，不为常人所接受并理解，就连她本人有时也弄不清楚为什么会这样。她曾经的丈夫对她讲述的那个为爱情痴迷且逃婚躲避在白塔山上的姑娘的传说，早已深深地烙在她的内心深处。在这段与那个姑娘相似的经历中，她的最终结局却截然不同，那个姑娘最终凄惨地死在荷花缸内，而她却被心爱的男人救下了山，想到这里她竟然咧开嘴笑了。

她的笑让外公看到了希望。从诊所出来，他就背着她重新登上了那条船。

渐渐地，外公发现她对船上的一切都很熟悉，不了解的人以为她就是这条船的主人。她身体略有好转时，就在船上如履平地地走来走去，有时外公怕她摔倒，过去试图挽她的手，这时她就将他的手轻轻推掉。有时，她将一双脚置于河水中，任凭清澈的水从脚面流淌而过。凝视着她，外公不止一次地对她的过去做过种种猜测，但考虑到她的精神状况，他从不会主动询问，怕问了会触及她不堪回首的往事。

冬去春来，五月的芦苇开始吐出紫色的花蕊，清澈的水倒映着河面上的一切。清晨，外婆盘膝坐在船头梳理着头发，望着她的倩影，外公走过去忍不住问："你原来的家也在船上吗？"他以为她会回答。却不料外婆怔了怔，好像没听见似的将头转向别处。外公见她这般，心想，他的猜测一准对，要不她为什么故意转过头去？转而又想，她是一个思维不正常的人，或许自己所问的问题她压根儿没听懂。其实外婆对他的问话不是没听见，而是她故意不想去听，因为她的心理太脆弱了，什么人只要稍有触及她过去的经历，就会令她产生一种恐惧感，这种出自本能的躲避，是她怕触及内心深处始终难以消解的那个隐痛。

外公每天摇着船在河道里穿来驶去躲避着日本人的巡逻艇。这期间，他们的生活表面上看上去很平静，实际上却危机四伏，好几次，他的船与鬼子的巡逻艇擦肩而过，要不是他反应机敏，差一点就被他们查了。过了一段时间，外公觉得老躲在芦苇荡里转悠也不是个办法，他觉察到日本兵好像对河道上的船查得不像先前那么紧，于是决定冒险带着她去寻找党的地下组织。

外公怀着忐忑不安的心情带她到了盐官，千方百计想寻找到地下党的联络站，他不清楚曾经被日本特务发现并捣毁的联络站还在不在？那幢老宅里的地下党有没有找过他，是否还在等待像他这样的联络员与之接头？倘若自己不主动去联系，那船枪支弹药该怎么处理？……他恨不得早日将这批武器交给组织，打垮日本侵略者和把他们赶出中国去是他唯一的愿望，为了给被捕的小伙计和死去的船老大报仇，他必须想方设法把这些武器交到党组织手里。

　　一路想着，外公带着她很快到了那座老宅门前的槐树底下，他发现那扇熟悉的黑漆门敞开着，里面不时传来一阵喧哗声，他的心"怦怦"乱跳，即将呈现在他眼前的究竟是什么结果？按常理讲，一般被破坏过的地下联络点是不会重新启用的，可时间一长，组织上考虑到失去联络点后给党的地下工作造成的巨大损失，也可能换个"掌柜"继续开展工作。

　　他躲在槐树底下紧张地思考着究竟要不要进去，就在他犹豫之际，站在他身后的她突然径直朝老宅走去，速度之快令外公根本来不及做出反应，等到他明白过来时，外婆早已闯进了那扇黑漆大门。刹那间，外公的心一下提到了嗓子眼，目瞪口呆不知如何是好。片刻，他看见外婆从里头走出来，与之并排行走的是一位中年男子，他身穿一件灰色长衫，头戴一顶黑色礼帽，似乎在和外婆说些什么。他的身体稍稍前倾，一只手不停地挥舞着，看神态好像是在驱赶她。可外婆的神情很茫然，也丝毫没有感到恐惧。瞬间，他的两眼放光，脸上流露出惊喜的神情，那个中年男子不正是自己千辛万苦要找的人吗？他三步并作两步蹿了过去，一边拉住外婆的手，一边压低声音呼唤着中年男子的名字，当他俩对上了地下党组织之前交代的唯有在危险情况下才能使用的联络暗号之后，外公终于与日思夜想的地下党组织接上了头。而后，他如愿以偿地将那批缴获的武器交给了地下党组织。外公这种临危不惧，置死亡于不顾的壮举使组织上终于相信他是个可靠并值得信赖的人。没多久，外公经上级批准光荣地加入了中国共产党。此后，根据党组织要求，他结束了漂泊不定的船上生活，离开乍浦到盐官，开展地下工作。

16

外公带着外婆在一条叫堰瓦坝的巷子里住了下来。地下党组织主要是考虑到此处较偏僻，居住的人大多数是当地的居民，人员结构也不复杂，开展地下工作相对比较安全。

海宁潮世界闻名，但水患也使当地百姓受害不浅。为免除水患对钱塘江北岸老百姓的侵袭，由当时的雍正皇帝下旨，拨款修建了一座仿宫殿式建筑，俗称"庙宫"，用以祭祀"浙海之神"。海神庙初建时据说占地四十余亩，规模宏大，素有"江南紫禁城"之美誉。后来历经战火的洗劫，损毁严重。海神庙位于盐官镇的西南角，外公带着外婆去烧香时，还遗存有正殿、海神老爷像、香炉、东西辕门牌坊、石狮、旗杆石、庆成桥、雍正皇帝所赐的御碑等。其实外公并不是真带外婆去烧香，而是打探一下这里的地形和熟悉周围环境。庙门口的一对石狮使外婆看得出了神。东端的那头雄狮捧着绣球，显得威武雄伟；西端的雌狮，脚下抚摸着一头小狮，神态慈祥，惟妙惟肖。两头狮子均用整块汉白玉雕成，不知是雌狮抚摸小狮的神情触动了外婆，还是小狮一脸顽皮的神态勾起了她对孩子们的思念。倘若不是外公硬拉着她离开，她仍会呆呆地站在那里，谁也不知她心里究竟在想些什么。

离开海神庙，外公带着外婆去了大海边。海塘上有两座铁牛面朝大海，一左一右在观潮亭旁静静地卧着，两棵碗口粗的杨柳伫立在铁牛的身后。那对铁牛神情威严，据说各有一千五百吨重。他对外婆说了，她不信。外公说，牛肚子底下有文字写着呢，他还趴在地上，钻到牛肚子底下，将铸刻在铁牛肚子上的诗念给外婆听。无奈他识字不多，结结巴巴地读了半晌，也不知诗文里究竟讲的是啥。瞧着他那股认真劲，外婆这才半信半疑地点了点头。

他俩又去了观潮亭东侧的占鳌塔。塔身用砖砌成，塔身外观有七层，内有八层，呈六边形，约有十五丈高。回廊雕栏，宏丽精巧。传说有一年，遇大潮汐，潮水竟然穿过塔身直冲内塘，把田地、村庄全淹了。外婆听说，也只是笑笑，没吭一声。两人一前一后沿着石级盘旋着攀登至塔顶，放眼眺望，只见远处海天相连，天际一色。外婆脸上露出惊讶与喜色，令外公好一阵欣喜，看来环境的改变会给外婆带来崭新的感受，兴许她的病因此会渐渐好起来，正想着，突然一阵海风吹来，外婆打了个寒战，头往衣领里缩，外公一见赶忙催促她回家。

此时，外公的身份是棺材铺的老板。说起棺材铺，通常人们见了会绕道走开，万不得已才上那里去。外公告诉我，其实他自小学的手艺就是制作棺材，后来才改行到船上当伙计。这种手艺通常被人视为下等活，但也是个独门绝技的活，当初他放弃这行当的主要原因是船上挣的钱比这多。那天组织上询问他还会什么手艺时，他就不假思索地将这门手艺讲了出来，这使组织上很高兴，他们认为如果开家棺材铺做联络站是绝好的主意，这种店铺不太引人注意。还有一点，我外婆的疯癫状态很适合掩护外公从事地下工作。谁会想到棺材铺是地下联络站？谁又会想到一个如此疯癫的女人身边的男人是个地下党员呢？

棺材铺面积很大，临街五楼五底。底楼正厅用作接待室，东边两间存放已完工的棺材，西面两间做制作间。东面后屋外公搭了间简易凉棚，平日里做厨房。楼上三间做卧室，还有两间做会议室。来人多时，会把三间房都用上，他俩只能在底楼搭铺睡。房子后面有一庭院，一堵围墙将院子与外面隔开。庭院很大，堆放着一根根粗大的木头。墙边零乱地堆放着一些杂物。一枝月季长在左墙角，刚住进去时正值春天，粉色的花含苞欲放，散发着诱人的清香。一丛丛小草不经意地从木头缝隙里顽强地生长出来，让原本枯燥乏味的院落有了些许生机。

外公一边做木工卖棺材，一边做地下工作。外婆对他从事的地下工作根本不知情，他就是她的依靠，只要是他喜欢的事，她也就喜欢。她看着他整天忙碌着做棺材，在她脑子里只把棺材看成是一只只木箱子而已。她很喜欢看着一卷卷洁白的刨花从他手中如花朵般绽放出来，她从没见过这样的活，也从没见过这样的刨花。看得高兴时，她会顺手抓一把刨花放在嘴边，仰起头使劲地吹，望着飞舞在空中的刨花，她的脸上绽放出如花般的笑容。外公的这个联络站因为有外婆这样一个特殊人物的掩护做了许多工作，比如收藏武器，转移地下交通员，召开联络会议等，就连外公也不敢相信他会如此顺利地完成上级交给的任务。有几次，他按捺不住心头的喜悦，趁着夜深人静，忍不住对她说她就像是他的保护神，给他以安宁、勇气和智慧，说到动情之处就禁不住凑过去吻她，每当这时，外婆就会大惊失色地从床上跳下，躲到墙角边，神情紧张又惶恐地凝视着他。他不明白为什么只要一碰她，她就会做出如此激烈的反应并竭力躲避他。她有时会大喊大叫，有时则沉默不语地瑟瑟发抖，这一切让他几乎可以肯定之前她遭受过极大的刺激。因此他需要付出常人难以想象的耐心来关心和呵护她，让她慢慢接受自己。他要使她敏感且脆弱的心不再受伤害，用他宽广的臂膀为她遮风挡雨。

一天，他正在厨房里烧火做饭，忽然听到临街的屋里传来外婆充满恐惧与绝望的叫声。外公知道，通常她只是在屋子里安静地走来走去，偶尔也会倚靠在门框上呆呆地望着来往的行人。小巷进出的行人不多，也很安静。究竟发生了什么事？他"嚯"一下站起身，风一般冲了出去。

眼前的情景让他吓了一大跳，只见一个日本兵手里端着枪正对着她，嘴里"叽里呱啦"地嚷道："花姑娘的！"

外婆的脸上充满了恐惧，神经质地抽搐着。显然那日本兵是被她的美貌吸引了，企图对其施行不轨，见其躲他，他便淫荡地朝她凑过去。外婆被吓得倒退一步。她的胆怯似乎使日本兵更加有恃无恐。只见他像狼似的将她步步紧逼至墙角，然后扔掉手中的枪，一下扑到她身上乱摸乱啃起来。

此时的外公气得浑身发抖，他大吼一声："住手！"一个箭步冲上去，抓住日本兵的后衣领，使出浑身力量朝一旁甩去，"扑通"一声，日本兵被甩得跟跄了一下，一头撞到墙上。这可惹怒了那日本兵，只见他迅速转过身，张开双臂朝外公扑来，嘴里杀气腾腾地喊着"八格亚路！死啦死啦的！"

外公一看，也不示弱，他毫不犹豫地迎上去，对准日本兵的脸就是一拳，打得他仰面朝天，外公随即扑到他身上，两人在地上扭打起来。

此时的外婆蜷缩在墙角万分惊恐地望着他俩。片刻，身材魁悟的日本兵占了上风，一个鲤鱼翻身将外公压在身体下，他骑在外公身上，双手紧紧掐住外公的脖子，外公被他掐得喘不过气来，脸憋得通红，他竭力想扒开日本兵的双手，无奈日本兵非但不松手还变本加厉地死死将他掐住，外公被他掐得没了力气，就在这千钧一发之际，日本兵突然松开紧掐他的双手，从他身上滚落下去，倒在地上一动不动了。

外公躺在地上，喘着粗气，两眼困惑地望着前方，他搞不清楚刚才还置他于死地的日本兵，怎么一瞬间如同死狗一般从他身上滚落下来。当他看到外婆脸色铁青，两眼散发着可怕的光芒，犹如铁塔似的站在面前，手中挥舞着他平日做木工活用的那把刨子时，才恍然大悟，原来是她在危急关头救了他，这使外公在惊愕之余激动不已。他立马机警地躲开她还在杀气腾腾的挥舞着的那把刨子，一个鱼跃跳到她身后，将其紧紧抱住，嘴里不停地说："好了，好了。"

过了半晌，随着"啪嗒"一声响，刨子从她手中掉落在地，她这才仿佛明白什么似的迸发出惊天动地的号啕声。此刻的外公不知该对她说什么好，但同时又感到说什么都是多余的，如果不是这个看似疯癫，有时却比正常人还聪明勇敢的女人采取了果断的措施，他还真不知会遭遇什么不测。外公越发觉得她是他的福星，自从他救了她并将其带到他家后，有好几次都是她在不经意间出手救了他。外公把她紧紧搂在怀里，这一次她居然不像先前那样推开他，而是默默地顺从着他，尽管她在他怀里仍瑟瑟发抖，但他感觉到这次的颤抖似乎与以往不同，他感觉到她对他的信任，这使外公十分高兴，仿佛觉得她对他有了好感，对他不再怀有强烈戒心和恐惧了。

此地不宜久留。外公想倘若驻扎这里的日本部队发现少了一个日本兵，自然会满城彻查，万一露了馅，他被捕不说还会连累前来联络的同志遭殃。"三十六计，走为上计"，外公当即关上店门，将那日本兵置于一副空棺材中用钉子钉死埋了。随后收拾起一些必要的物品，锁上门，带着外婆神不知鬼不觉地离开了棺材铺。事出紧急，外公按照规定，在门口挂上"出门做工，暂停营业"的牌子，这是遇有不测时给组织上发出撤退的紧急暗号。他想起离这里大约七八里地远的乡下有一户远房亲戚，便带着外婆投奔而去。

17

时隔不久，外公与组织上又取得了联系。上级指示他继续利用外婆的特殊身份开展地下工作。他们在一个名叫荆山的村子里安顿下来。这期间，他们动手盖起了新房，外公很穷又没钱，盖房资金是组织上出的。建房时，亲戚与邻居们都来帮忙，按照当地的风俗，上梁时，外公让外婆做了好多包子送给亲戚与邻居，外婆还剪了几个"福"字的剪纸贴在窗户与大门上。房屋建在村子通往外部的河道旁，河滩边常年栓着一条船。屋旁有一片竹林，林子很深且茂密。组织上考虑到如遇不测可从河道与竹林两处撤走。

外婆在外公的精心呵护下渐渐恢复了神智，她会哭了，也会笑了，会帮着外公干些家务活，后来还随外公下地劳动。外公知道，她受过重大创伤的心永远是脆弱的，就像一只修补过的碗，在任何情况下都不允许去碰撞，哪怕只是稍微一碰就会前功尽弃。因此，他一直坚守着原来的做法，从不问她过去的事。渐渐地，外婆似乎真切地感受到了外公对她的那份真挚的爱，就在中华人民共和国成立之前的一个月光皎洁的夜晚，外婆心甘情愿地接受了外公对她的那份爱。

婚后的生活是幸福的。外公对她百依百顺，就差天上的月亮没办法摘下来给她了。有一天，外公兴奋地对外婆说："你不觉得我们应该生一个孩子吗？我们生一个吧。"令外公不解的是，外婆突然流露出痛苦而绝望的神情，瞬间怒目直视外公，一下将他推至一边，自己转身而去，再没搭理他。她的这种不同寻常的举动令外公感到困惑和无奈，打这以后外公就再也没敢提过要孩子的事。

其实外公很喜欢孩子，他们家里常常会有许多邻居或邻村的孩子来玩，孩子们在他们家里就像在自己的家里一样自由自在，尽情玩耍。每当这时，外婆总是毫不吝啬地将自己家中好吃的食物拿出来给他们分享。看着孩子们嬉笑、喧哗，外婆时不时地流露出一丝少见的微笑，而后又若有所思地在旁边一言不发地坐着，神情就像一座雕像。

一天夜晚，外婆终于对平躺在身旁的外公开了腔："我有……我有过孩子……"当外公听外婆说有过十四个孩子，但每一个孩子都被送走且杳无音信这段凄惨经历时，他惊呆了。善良的他被外婆痛苦的叙述所震撼，他下床"扑通"一下，跪在外婆面前，用颤抖的声音说："我再不会提要孩子的事，我会一辈子好好对你……"他发誓，他会用毕生的精力为她去寻找孩子，不论这种寻找需要的时日是多么的漫长和艰难。

外婆被感动得热泪盈眶，她伸出颤抖的手，抚摸着他的额头说："有你这句话，我什么都满足了。"

打那以后，外公托人到处打听孩子的下落，并趁农活空闲之时自己走街串乡去寻找。他得知我的亲外公曾把几个孩子送到江苏和宁波的育婴堂。他知道江苏和宁波一带地域范围很大，要找到孩子是件极不容易的事，但他不愿看见自己心爱的妻子为失去孩子而伤心落泪。他爱这个饱经沧桑且无时无刻不为失去孩子而万分痛苦的女人。

寻找孩子的过程既曲折又艰难且漫长，几年寻找下来仍不见孩子的踪影。

他宽慰着妻子，认为只要用心，就一定会找到的。岁月的流逝，有时会冲淡人生中的某些记忆，但却永远抹不去一位母亲对自己孩子深深的思念。在寻找了整整二十年之后，他终于为自己心爱的女人找到了她的一个孩子——我的母亲。

那天，我的母亲在镇上的一座叫天福寺的寺庙里烧香，她见佛就拜，祈求的就是希望早日找到失散多年的母亲和她所有的亲人。我的外公就在此时走进了那座千年古刹。偌大的一座寺庙，里面层层迭进，就算人进去也不见得能够相逢相遇，然而或许是数十年的祈求和寻找，他和我的母亲竟然在右侧的千佛殿相遇了。

当时，我的母亲正跪在蒲团上对着观音顶礼膜拜，嘴里还念念有词，祈求观音保佑，让她早日寻找到亲生母亲并保佑她身体健康，以及所有兄弟姐妹都平安地活在世上。当我母亲的脸转向左侧，打量四周并望着我的继外公的脸时，她仿佛从对方的脸上看到了惊讶不已的目光。起初她并不在意，直到她看到他始终目不转睛地盯着自己时，她才确信这陌生男子的目光是为她而来。随后继外公的举止令她感觉有点纳闷，她走到哪儿他居然就跟到哪儿，她进大雄宝殿他也跟进去，站在一旁怔怔地凝望着她；她进四大金刚殿时，他也形影不离地跟着。她困惑不已地走出寺院，在一口井边站住了，这口井叫三眼井，旁边有一棵百年银杏树。通常烧香的人都喜欢到这里来喝上一口水，据说能消灾除难，心想事成。我的母亲喝完井水后，就忍不住转身问他，说自己并不认识他，可他为什么老跟着自己。于是他告诉她，说她像极了一个人，所以他一见她就不由自主地跟着她。此时，几片银杏叶从她面前轻轻地飘落，淡黄的色彩似乎给他们的相见增添了几分暖色，我的外公竟然在完全不经意的情况下找到了我的母亲——宝花。

我母亲的出现，让外婆欣喜若狂。她像变了个人似的，脸上总是焕发着喜气。对外公，她自然感激不尽，说来生就是做牛做马也仍愿意与他在一起。幸福的日子从此开始，外婆好像干什么都有了劲，并且在她的心中，似乎自己的每个孩子总有一天都会像我的母亲一样出现在她的面前，她的眼前甚至已经浮现出那种温馨的场面：她在厨房忙碌着，身旁围着一大群自己的孩子，他们快乐地拍着手，唱着，跳着。她变得自信了许多。

我凝视着外公，他的两眼闪烁着泪光。

18

　　跨进外婆的家已是上午十点三十分。

　　外婆的家并不大，三间平房。这里的一切我都很熟悉，进门是厅堂兼做厨房。一个绘有牡丹花的灶头砌在厅的右侧，左边放着一张八仙桌，一堵墙间隔了门厅与房间。墙右侧有一扇门，可进入外婆与外公的卧室。大厅靠墙，平时放些农具和一些杂物，现已搭着一块门板，将放置外婆的遗体。

　　走进外婆与外公的房间，可看到隔墙背面有一扶梯，那上面有一阁楼，平日来人，就睡在这阁楼上，阁楼不小，每次来外婆家，我总是喜欢在阁楼上睡，在我眼里，阁楼就像是长在树上的鸟巢，甚是好玩。然而，今天不同，它在我眼里变得像个会吃人的幽洞，令我产生了一种难以诉说的恐惧感。

　　我与母亲放下随身带来的物品。听完众人对我们七嘴八舌地讲述，我这才知道，外婆昨晚被送去镇上的医院抢救，过会儿才从医院抬回家来。按照当地的风俗，死了的亲人遗体要在家里停放三天，所有亲人要为她守灵。

　　门外一阵忙乱，是外婆遗体被抬回家来了。我和母亲冲出房间，只见众人已抬着外婆遗体站在大门外，按照当地的习俗，外婆遗体进门时，要大儿子扑在门槛上为她暖门槛，此时母亲早已哭得像泪人一般，步子也迈不开了。众人架着她的双臂，看她痛不欲生的模样，对着我说："小妹也行，没有儿子，女儿也行，女儿哭成这样，外孙女也可替代。"还没等我明白过来是怎么回事，我瘦弱的身体便被众人迅速架至门槛旁，我一声不响地俯身趴在门槛上，任凭外婆的遗体越过我瑟瑟发抖的身躯，我心口似乎有一种压抑得喘不过气来的感觉，我想哭，但却没有哭出声来。

外婆遗体被安放了那块门板上。她的脚后点燃了一盏油灯。整个身躯被一块白布覆盖着。一切显得那么的平静与安宁。望着纹丝不动的被白布覆盖着的外婆遗体，我忽觉悲痛从心头涌上，不顾一切地冲上前放声大哭："外婆，外婆，我要外婆！"我边哭边喊，用手去扯盖在外婆身上的白布，布被扯下来了，外婆清癯的脸清晰地出现在我的眼前，她的眼睁着，眼眶深陷，目光呆滞地盯着我，似乎在对我暗示着什么。我更悲伤了，对着她声嘶力竭地喊道："你起来呀！起来，外婆，我还给你带了你喜欢吃的橘红糕呢！"

"哇……"满屋的人似乎被我的哭声所感染，一起发出了强烈的悲鸣。

外婆和外公在这儿没有一个沾亲带故的人，但不知从哪儿来了这么多人。这些人与我一样痛苦和悲伤，有的甚至还哭晕了过去。事后外公告诉我,这些人大都受过外婆的帮助和恩惠。其中哭晕过去的是跪在灵堂前一男孩的母亲，她的儿子就是外婆给救活的。此时，她儿子披麻戴孝，低着头跪在外婆的灵堂前，一脸的悲痛。

其实外公不说我也知道。之前有个暑期，我在外婆家。一天，同村有个人急匆匆赶来。一进门，他就冲着外婆哭天喊地，说他的孩子一不留神掉进池塘里溺水了，人虽救上来了，可众人都说孩子已死，让他准备后事。可做父母的怎么也不相信，于是心急火燎地赶来请外婆相救。外婆又不是医生，她怎么会救人呢？我站在一旁正纳闷，不料外婆一听，就扔下手里的活，嘴里说道："死马当成活马医。"抬起腿，拉上我，跟着来人一路狂奔赶去。

到了那里，只见外婆拨开围得里三层外三层的人群，蹲在那溺水男童的身旁，先翻开他的双眼瞧了瞧，随后抓住他的双腿往自己身上一背，倒挂着他沿着池塘奔跑起来。

我看着她一圈圈地跑着，还不时跟跟跄跄的，直累得气喘吁吁，脸色发白。使我不敢相信的是，当外婆将他放到地上后，那个孩子居然不可思议地躺在地上弯曲着身子呕吐起来，外婆身上也有他的呕吐物。此时，外婆反成了半死不活的样子，浑身湿淋淋的，坐在地上起不来。

还有一次，邻村有位姑娘，去了一趟坟地看人下葬后不知什么原因，回到家就说起胡话来。家人带她去看了医生，吃了药又打了针，可几天下来，病情非但没见好还越发严重起来，居然到了奄奄一息的地步。无奈之下，她的父母想到了我的外婆。外婆带着我到她家时，那女孩已经神志不清，还出现了幻觉，嘴里不断地说着谁也听不懂的胡话。

外婆一到，先是坐在床沿上，然后翻开她的眼皮瞧了瞧，也不说什么，随即起身，从自己随身带着的一只布包里摸出一包我叫不出名的草药，吩咐她的家人用水煎二十分钟后，倒在一只碗里，凉了后，外婆端起盛有药水的碗，送至女孩的嘴边，慢慢地喂了下去。

两个时辰过去，刚才还在死亡线上徘徊的女孩，竟然睁开了眼睛，她转头看见了外婆，脸上露出惊恐的神色，说："我这是在哪儿呀？"

外婆听后，对她嫣然一笑。姑娘摸了摸她的手，神情好像是要验证面前的外婆究竟是人还是鬼？外婆仿佛看懂了她的神情，叹口气说："你这是在自己家里，能上哪儿去呢！"

幽暗的光线下，外婆就像一个从医多年的医生，通过一种由其父亲传承下来的力量以她特有的方式在拯救着孩子的同时也拯救着自己。这种拯救孩子的行为是令人无法理解的，连她本人也不清楚为什么自己会有这种能力和能量。

之后，我才知道，外婆还曾救活过其他生病的孩子，在十里八乡有点名气。村里村外的人称她为"活菩萨"。我曾问外婆，那姑娘得了什么病？外婆告诉我，那不是病，那是她在坟地看棺木入葬时由于胆子小，吓坏了，因此变得疯疯癫癫。如果不及时用中草药将她治愈，姑娘就算不死从此也就疯了。听外婆这么一说，我感到很害怕，从此我去坟地看人家棺木下葬时总离墓穴远远的，生怕自己胆子小，也会吓得灵魂出窍，弄得人不像人鬼不像鬼的。

离世时的外婆很安详。不知道她的人，是绝对不可能从她脸上找到曾经过毁灭性自残的一丝痕迹。她的脸显得很宁静，毫无一丝痛苦。安宁中透出一种纯洁无瑕的神圣。我禁不住泪如雨下，滴落的泪水流在外婆的脸颊上，众人将我使劲从她身边拖开，劝慰我："泪水滴在尸体身上是不吉利的。"我却不管这些，不管它吉利不吉利，外婆死了，没有比这事更使我伤心了。

出殡的一切仪式都在有条不紊地进行。

傍晚，为她超度亡灵的僧人来了六位。他们都身披袈裟，席地而坐，诵经念佛，为外婆超度。我木然地看着人们在我外婆的遗体面前走来走去，寄托他们对死者的哀思。

19

　　第二天晚上，经过两天一夜痛苦和哀伤的折磨，我已经精疲力竭，无力地坐在靠外婆头一侧的墙根边的椅子上。一盏昏暗的电灯散发着橘黄色的光，左侧的灶头上，摆满了众人送来的食品。恍惚中，我回想起去年临近除夕的一个傍晚，我就坐在灶膛前的板凳上烧着火，外婆在灶头旁的木盆内欢快地和着糯米粉。打年糕是乡亲们迎接春节的头桩大事。家家户户通常在十天半个月内完成。外婆到了这日子和左邻右舍一样，不分昼夜地打年糕。

　　外婆先是将米粉放上一定比例的水，然后就在木盆里拌匀。接着就放在蒸笼上蒸，通常在蒸格底下铺一块白布，这样米粉就不容易粘上。米粉蒸熟后，外公就掀开锅盖，端出第一盘年糕花，供奉灶神，焚香祭拜祷告。而第二盘年糕花，则供奉祖宗，同样焚香祭拜，祈求先祖保佑。第三盘用来保佑来年五谷丰登、老小平安、生活幸福。她看我嘴馋，就会随手拧下一团粉团塞到我手里，嗅着这香喷喷的米香，我忙不迭地将粉团塞进嘴里贪焚地吃起来。而外婆则笑盈盈地将粉团置入盆中，用双手使劲地揉，揉到一定程度，就把它放入木制的印花板中，印花板有好几只，分别雕刻成各种不同形状的模型，如鲤鱼、元宝等。而后外婆又点上用凤仙花或玫瑰花调制成的颜色。经外婆这么一打理，原先的粉团眨眼间就变成了各种形态不一、逗人喜爱的年糕。第一笼年糕做成后，外婆总让在场的男女老少尝个鲜。邻里乡亲走得近的，她就会挎个竹篮送去。外婆说，虽然这不是什么贵重东西，但送的是一份心意，是迎新年的喜悦。我不会做年糕，但总在她身边欢蹦乱跳地将粉团捏成狗啊鸡呀玩，捏出的东西往往是狗不像狗鸡不像鸡，外婆看到我高兴，似乎比我更高兴，总是笑得合不拢嘴。每逢过年，外婆就会到集镇上买来红纸，用她那双灵巧的手剪出好些窗花，张贴在窗户、大门上；外公则用拿惯了锄头的手笨拙地写上一副在我看来字写得不怎么好的对联，贴在门框两边，加上一条横幅，把陈旧的老屋装扮出令人喜庆的新气象来。

无意中，我的目光落在被白布遮盖着的露出一缕头发的外婆的头顶，她的头顶被一缕耷拉下来的头发遮盖着。我的心一动，因为我一直无法相信外婆真的已经离我而去，更怀疑别人告诉我外婆是因她自己用一枚二寸半长的钉子敲进自己的脑壳而死的。

我偷偷看了一下灵堂内守夜的人。此刻，诵经的和尚静默着席地而坐，闭眼做休息状。而其他的人也围着一张桌子在诉说着各自感兴趣的话题。桌上的两根蜡烛"嗤嗤"作响，时不时爆出几朵烛花。外婆脚后的那盏油灯忽暗忽明，整个灵堂显得阴森可怕。我发现别人都不注意我，便壮着胆，慢慢地走过去，迸住呼吸，伸出颤抖的手，悄悄地拨开外婆头顶上的一缕头发，试图找到那枚钉子。

我的手轻轻地在她的头顶摩挲，并用指尖缓缓地探索。倏然，我惊愕地倒抽了一口冷气，几乎要窒息。

一枚钉子牢牢地埋在外婆的脑门中央，二寸半长的钉子钻得如此之深,钉子与它底部的扁圆形根部之间竟不留一丝缝隙。我的外婆为什么会把它钉在天门上?我只听说将钉子钉在后脑勺是一种最隐秘而恶毒的谋杀手段,难道外婆仍在这一生所遭受的夫离子散的凄惨命运中挣扎……

　　我全身的汗毛顿时竖立,通体发冷,颤抖不已。我不由自主地直起腰,用手指着露着那枚钉子底部的外婆的脑门,对满堂的人结结巴巴地说:"脑门,钉子,是真的,怎么会是真的呢?"

　　我的脸刹时变得异常难看,人像受了致命一击似的恍惚起来,倒退几步,软软地瘫倒在地上。

　　远远地,好像听见许多人在呼唤我,但那声音越飘越远,不一会儿,我就什么也听不见了……

20

    等到我醒来时，我已经疯了。外婆被安葬在自留地里。外公在外婆坟墓的周围种了好多棵松柏，其中一棵特别大，据说是外公特地从别家坟地里迁移过来的，外公对我说，他想让它为外婆遮风挡雨。外婆下葬的时候，看着外婆的棺木徐徐置入坑内，听着泥土掩盖时拍打棺木的声音，我不但没有号啕大哭，还哈哈大笑，并大声喊道："在这儿生就是死，死就是生，大家应该大笑才对！"说完，我狂笑不已。众乡亲纷纷说，这是外婆的魂附在了我的身上，母亲则认为我是受了强烈刺激的缘故，看着我这般模样，刚遭受失母之痛的母亲犹如万箭穿心。

    我母亲婚后的日子并不好过。我的父亲开始表现还好，被祖父带去省城做事，起初祖父让他在自己开设的工厂里做工，可过不多久，祖父就发现，我的父亲不像别家的孩子那样吃苦耐劳，完全是个游手好闲之人。他对祖父说："劳心者是人才，劳力者是蠢才。"他不想做蠢才，所以打算选择自己喜欢的职业。我的祖父是个思想开明之人，觉得儿子有志向也未必不是件好事，就由着他的性子来。谁知，我的父亲竟然和一帮闲散子弟整天东游西逛，净干些不着边际的事情，还常常坐火车去上海的"大世界"等地，在那里吃喝玩乐，尽情挥霍。时间一长，祖父看他成不了器，一怒之下，将他召回家中。这可把他气坏了，从此变得好吃懒做，嗜酒如命。我的母亲只好打短工来养家糊口。更使人气愤的是，他不仅不想办法挣钱养家，反而常常把母亲辛苦挣来的钱强行索去喝酒，如果不给，他就会将母亲打得鼻青脸肿，母亲经常被他打得躲在角落里哭泣。中华人民共和国成立那年，驻扎在父母家的解放军曾劝过我的母亲，认为她是被卖过来的，可以与丈夫离婚，母亲对此不是没想过，而是觉得比起儿时吃的苦，受这点苦对她来说根本算不了什么。后来又有"四清"工作组的人为她鸣不平，认为他俩实在过不下去的话，她可以和丈夫离婚。那个年代的女人谁敢去提离婚两字呢，再说离过婚的女人能被谁瞧得起。还有一个重要的原因是，她认为自己已经有了孩子，离开这个家又能去哪儿呢，她又怎么舍得离开自己的女儿，于是她默默地忍受着这一切。

母亲起早摸黑干活挣钱，但一到傍晚父亲就去她单位要钱，无论挣多少钱，必须如实交给他，否则就要挨他的打，这样一家老小又得挨饿。如此年复一年，日复一日，她倍感心力交瘁、精疲力竭。

那天，外婆为看望女儿，提着一篓鸡蛋兴冲冲来到我们的家。一进门就感到气氛不对，女婿与女儿两人的脸色都很难看。起先她以为小俩口吵吵嘴也就算了，不想喝得烂醉、控制不住情绪的父亲竟然当着她的面大发淫威，母亲还未来得及招呼刚兴冲冲赶来的外婆，就被他一顿乱拳打倒在地。

这情景瞬间触动了做母亲的某种记忆，勾起了她对亲身经历过的一些往事的回忆。开始她呆呆地站着，过没多久，只见她脸色骤变，浑身颤抖，接着犹如猛虎下山般怒吼一声，将一篓鸡蛋朝地上一扔，向她的女婿扑过去，对他又撕又咬，一把将他推倒在地，愤怒地说道："我跟你拼了，拼了！"随即，又转身跑到女儿面前，蹲下身，一把将她抱在怀里，急切地喊道："我的女儿，我的苦命的孩子……"她痛彻心肺地拂开遮掩在女儿额头的短发，俯下身，将自己的脸贴在她的脸颊上，说："是我不好，让你吃苦了，我要带你回家，咱们回家，回自己的家。"她不断地重复着这句话，人显得异常恍惚，浑身颤抖着，神情显得十分古怪，让人难以捉摸。她摇晃着扶起倒在地上的女儿，转头对站在远处墙角吓得发抖的我，直起喉咙大声喊："小妹，来，扶着你妈妈，咱们走！"

21

  自外婆回家后，她的神志时而清醒时而迷糊。清醒时，她无微不至地照顾着因生病身体虚弱而躺在床上的我母亲；迷糊时，她从早到晚在自家的竹园里又哭又骂。她时而骂我的父亲，时而骂抛弃她的我素未谋面的亲外公。她哭诉自己的不幸，也哭诉女儿的不幸，这交织着痛苦、悲伤、愤怒的哭骂声如泣如诉，她不停地骂着哭着。一个月以后，村上的人对她的劝慰都已不再起作用，此时的她已经疯了。

  疯了的外婆根本不允许我的母亲和我离开她一步。起初我以为她只是受了刺激，过段时间就会好的，后来才知道那是我一厢情愿的想法。

  有一天，父亲来外婆家想带我回去，在他看来只要他把我带走，我的母亲就会乖乖地跟着回家。他知道母亲是个很要面子的人，不想把事情闹大，弄得乡里乡亲都知道。然而，事情并不像他想象的那样简单，当他跨进外婆家时，外婆正坐在灶前往灶膛里添柴，见他进来，她先是一愣，随即操起吹火筒就朝他头上打去，还指着他鼻子骂："你给我滚，你不是个人，我要打死你！"

  父亲并不知道外婆有严重的精神分裂症，以为只是她的性格所致，不曾想他岳母曾遭受过常人所不知的苦难，导致她的病一发作就歇斯底里。他与我一样以为过段时间外婆就会忘了之前的不快，再说夫妻哪有隔夜仇，床头打架床尾合嘛。他过来想带我回去并劝说妻子回家，也在常理之中，想不到他一进门就碰上外婆这样对待他，这使他感到颜面扫地，只好对着站在房门口的我扯着大嗓门吼道："你跟我回去！"

我怔了怔，一时不知说什么才好。

他见我不动也不作答，越加火冒三丈，快步朝我走来并抓住我的手说："你跟我走！"

我这才醒悟过来，使劲想摆脱他的手，可我无论如何也无法挣脱他的手，我被他拉扯着，极不情愿地朝前走了几步。就在这时，外婆将吹火筒往地上一摔，冲了过来，她的两只手紧紧攥住我父亲的手腕，试图将他的手从我手上扒开，父亲被她突如其来的举动搞蒙了，他下意识地松开紧攥我的手。此时的外婆一把抓住我的手使劲往屋里拖。等父亲明白过来是怎么回事时，重新抓住我的另一只手使劲往外拉。我的两只手被他俩朝各自不同的方向拉扯得疼痛不已，忍不住"哇啦哇啦"喊叫起来。刚才还怕我被父亲带走的外婆，一见我喊痛就倏然松开了手，转而跑到大门口张开双臂堵住大门。显然她是想用这种方式阻止父亲把我带走。她的情绪极为激动，恐惧中夹杂着一份坚定。可我父亲却对此视而不见，不顾一切地拖着我朝门外走。我害怕极了，挣扎、哭泣、反抗，但都无济于事，父亲像老鹰抓小鸡似的把我拎到门口。他对外婆怒吼道："你给我走开，你不是要我滚吗？我滚！"

外婆一听，脸部的肌肉抽搐了几下，眼神宛如暴风雨来临前的闪电，让人瞧着觉得害怕。她铁塔似的挡在门口，大有谁过去就跟谁拼命的架势。她不知道，我的父亲是个被惯坏了的说一不二的男人，在家里母亲只有干活的份没有享受的份，母亲做事稍有不慎，父亲便会打她骂她。或许是他习惯了这种对待自己妻子的态度的缘故，他也就养成了唯我独尊的处事方式。据他说，就算是我祖父母活着时也拿他没办法，以至于宠得他不知天高地厚，根本就不把我的母亲还有我的外婆放在眼里。

父亲仗着年轻力壮与外婆展开了一场争夺战。只见他一下把外婆拉到面前又推开，外婆没有意识到他会这样做，结果一个跟跄被甩出老远，撞到对面墙壁上，等她抚摸着被撞得疼痛不已的脑袋反应过来时，我早已被父亲挟持着扛在肩膀上，出门一路奔去。我急了，极不情愿地在他肩膀上又哭又闹，挣扎着大声呼叫："外婆！外婆！"

跑了好长一段路，父亲回头看看不见外婆的踪影，这才把我放下来。好言好语地劝导我说："我又不会吃了你，你怎么就不肯回家呢？"

我看了他一眼，低下头什么也不说。心里却暗暗为外婆担心：不知她怎么样了？撞得要不要紧？

父亲看我不理会他，便气鼓鼓地说："你怎么那么不懂事，你是家里的润滑剂，只有你回了家，你母亲才会回家，你母亲回了家，那咱们家才是个完整的家。"

听着他的话，我似懂非懂，从大道理来说，父亲好像说得对，只有我回家了，母亲才会回家。可事实上，又像是母亲对，她累死累活全都为了这个家，可为什么老不讨他的好，总是受他的气挨他的打呢！现在外婆死活不让我和母亲回去，我知道如果我们回家，母亲仍会挨父亲的打。我觉得就目前来说，只有待在外婆家才是最好的，至少她会保护我和母亲免受父亲的打骂。

父亲似乎看出了我的心思，恼怒地对我说："你外婆跟不上我们，她不会再来了，她是个疯子，疯子你懂吗？"

听他这么说外婆，我气极了，他竟然这样说外婆坏话，我怎能容忍？便生气地回答："她没疯，你才是疯子呢！"我情绪激动地回击。

"你说什么，我是疯子？"显然我的话激怒了他，他一生气对准我的脸就是一巴掌，说："你才是疯子，老的小的一个样，真气死我了。"说罢，他气鼓鼓地一屁股坐在路旁的一块石头上，点燃一支香烟抽起来。

我的脸被他打得很疼，耳朵也"嗡嗡"作响。我忍不住张嘴大哭起来，头还不由自主地朝外婆家的方向张望。

他见我哭，喷着烟雾说："哭什么哭，你哭也没用！"随后又将烟叼在嘴角，一个劲儿猛抽起来。

我突然感到身后有人在拉我的衣角，我下意识地转身，一看是外婆，她竟然躲在我身后的棉花地里，还没等我叫出声，我就被她稀里糊涂地拉了进去。等父亲听到"哗啦哗啦"声响回头看时，我早跟随外婆穿过一块正吐着棉絮的棉花地朝另一块望不到边的棉花地窜去。父亲像一只被愚弄了的猴子急得乱叫乱跳，或许他做梦也想不到我的外婆居然会用这一手来对付他。之前他一直以为自己很聪明，可惜他错了，他根本没有想到像他这样一个聪明人居然还斗不过看起来是"疯子"的外婆，在他看来外婆是那么的不堪一击，而他却受到她的愚弄。此时此刻他站在田埂上气急败坏地骂娘，骂得行人像看怪物一般瞅他，骂着骂着，他觉得自己倒成了疯子，无奈之下只好怏怏地打道回府。

22

　　外婆把我带回她家。母亲当时在地里干活，没看到刚才发生的这一幕。但她可以想象我父亲与外婆争斗时的情形。我的父亲和母亲用冷战的方式来处理彼此之间的关系，而我只是父母亲握在手中的一枚棋子，因此为了生存我只能自保，在我看来外婆就是我眼前最好的保护神。

　　外婆好像知道我心思似的，她无时无刻不和我待在一起，有时外公叫我跟着他一同去地里干活，外婆得知后就会表现出极度的烦躁，她对外公板着脸，用前所未有的愤怒表示她的不快，有一次甚至操起厅堂里的锄头向他示威。如果不是外公当场表示服软，把我归还给她，我都不知道她会做出怎样激烈的举动来。外公说，外婆就像他第一次在乍浦码头看到她时那般疯狂且毫无理智，只不过当时她处于极度虚弱和安静的状态，不像现在这样有暴力倾向。他不知道她这种状态又要经过多长时间才能结束，如果不能好起来的话他的心都会碎了。外公的年龄其实比外婆小二十岁，但他觉得自己比所有的同龄人都成熟，并说这个秘密他从未对人透露过，就连外婆也不知道，因为他想使她相信爱情，其实年龄的差异没有决定的关系，他爱她并且愿意照顾她一辈子。如今外公看到心爱的人又回到以往那种痛苦不堪的状况，不禁潸然泪下。

　　望着磐石般坚强的外公变得如此伤心与脆弱，我感到更需要与外婆待在一起,因为她只有与我在一起时才显得相对平静。我帮她烧火、做饭，她坐在屋檐下的板凳上从早到晚不停地缫丝，她只要看不见我的身影，就会发疯似的东寻西找，她生怕我父亲突然冒出来把我从她身边带走。这份忧郁和恐惧有意无意中潜移默化地感染着我，渐渐地深入了我的内心，她使我也无时无刻不处在一种极度不安和恐惧之中，唯有她始终在我身边，我的心才会变得稍稍安宁。

　　我成了外婆的影子，她走到哪儿我就跟到哪儿。外婆疯了。疯得认不出自己，也分辨不清家人，浑身上下破衣烂衫，散发出阵阵恶臭。有一次，她竟用稻草将头发扎成一个冲天小辫，挂个尼龙袋，走在街上。她会带着我去邻村玩，好在四邻八乡的人都认识她，遇到好心人会给她一碗饭，她接过碗，转身就会递给我,我不吃,她就急得又是叫又是跳。别人见了,都说:"说她疯，她其实不疯，她真的疯了怎会如此善待自己的孩子呢？"

　　她还会带我去镇上，街上的人看到她就像见了瘟神一样远远地躲避她。

　　有一天，外婆带着我坐在一家百货商店的台阶上。这时有一对青年夫妇过来，女的手指着外婆对男的说:"快看，疯子。"

　　起初，我没理会。

　　岂料，那个男青年竟然指着我说:"你看，她的孩子也是疯子。"这让我极为震惊和不快，我站起身,对他愤怒地说:"你才是疯子！"

　　"哈哈！快来看疯子呀！"女的突然提高嗓门儿喊叫起来。一会儿，围观的人拥了上来。

　　紧接着，一口唾沫吐在外婆身上，又有几块石头分别打在我和外婆的头上、脸上。

　　我气愤极了，跃起身跟他们理论，我以为这样做会使他们停止对外婆和我毫无道理的攻击，我这一举动更加触怒了围观的人群，什么烂菜皮、煤渣……一股脑儿往我们身上砸。外婆一见这阵势，不顾一切地朝人群中扑去，她的身体由于愤怒而颤抖，仿佛变成了一头发狂的狮子，她试图将我护在她身后，明知道打不过对手也要使出浑身的力气与他们做最后的抗争。

　　起初，她的反击让那些起哄的人都吓得不由自主地往后退了几步。片刻，其中几个胆大的发现外婆并没有想象中那么厉害，只是疯癫的样子让人觉得害怕，于是又继续对我们进行攻击。

　　外婆被打得鼻青脸肿、遍体鳞伤，尽管如此，她始终没有一丝放弃保护我的念头。从那以后，外婆在我眼里俨然是一座巍峨的高山，除了她，这世上再没有人能这样让我感到可以依靠。后来当疲惫不堪的外公和焦急不安的母亲找到我们时，外婆和我正横躺在离外婆家不远的一座木桥上，桥下流水潺潺，溪边花草摇曳。月光下，衣衫褴褛的外婆和我依偎在一起。

23

外婆的再次发疯，令我母亲十分痛苦、自责和内疚。母亲认为正是自己不幸的婚姻才酿成外婆的疯癫，觉得唯有自己与父亲重归于好，才有可能使外婆重新恢复神智。于是她毅然带着我回到了我父亲身边。可惜，很多事并不是人的主观臆想所能转变的，母亲的举动不但没有使外婆的病有所好转，相反外婆由于受到再度打击而变得更加疯狂，她越来越控制不住自己的情绪，内心无时无刻不被受到的伤害笼罩着，犹如一条巨蟒缠得她喘不过气来。她想要发泄，想要报复……

外婆发疯似的寻找着我的父亲。可怜的外公，他日夜守护着外婆，但还是枉费心机，稍不留神，她就从他眼皮底下逃出去。

有一次，外公匆匆来到我家，问我见没见过外婆。他这么一说，我才知道，自从我和母亲返家后，外婆就像没头苍蝇似的整天在外头乱转。外公怕她走丢，干脆把她锁在家里，他以为这样可以锁住她的人。但随着她的病情越来越严重，外公意识到这似乎不是个办法，锁住了她的人却锁不住她的心，他只要一下地干活，她就会在屋里又是骂又是吵，还扬言如果外公不放她出去，她就把房子烧了。这可吓坏了隔壁邻居。他们劝说外公，与其把她关起来还不如给她行动自由，说不定她的病有一天也会好起来。于是外公将外婆放了出来，让她跟着自己去田间地头。他在田里耘田插秧，她就在田头捉螳螂；他走村串巷处理村民的事，她就跟在他后头若无其事地听着。不过她也有高兴的时候，每当她看见无拘无束地奔跑着的孩童时，脸上就会露出兴奋的神情，走过去试图和他们一起玩耍。而那些孩子一见她过来，就会像惊弓之鸟，"哄"的一下散开了。于是外婆就会眺望着那些远去的孩童痴痴地发呆……

母亲得知外婆走丢后，心情更加沉重，好端端的一个人，因为自己竟变成这样，她担心地想：这些天她跑去哪儿了，在外又是怎样度日的？

约莫过了半个月光景，外婆突然出现在我的家里。她的到来令我的父母着实吓了一跳，谁也无法猜测疯疯癫癫的外婆是怎么找到这里的。她的头发乱七八糟，邋里邋遢的，衣裤撕成条状，赤着脚。父亲见之自然没好脸色给母亲看。此时站在他面前的疯癫的外婆几乎认不出原形了。他想到上次在外婆家被驱逐出来的狼狈场景，瞬间怒火中烧，他立马像关公一样红着脸对外婆下起了逐客令。我的母亲一向惧怕父亲，但此时自己好不容易与亲娘相逢，怎会忍心母亲即刻离她而去？

看着我母亲拒绝执行自己的命令，父亲将往日所有聚集起来的怨愤一股脑儿地向母亲发泄。起初他俩争吵时，外婆还战战兢兢地躲在一旁，随着父亲对母亲的怒骂声越来越响，越来越激烈，外婆的情绪渐渐变成一种被激怒后的疯狂，她开始浑身发抖，随后愤怒地追逐打骂着我的父亲，他俩在屋子里追来逐去，从楼下跑到楼上，又从楼上追到楼下，最后父亲为了躲避外婆的追逐，竟然如同猴子一样爬上我家后院的一棵歪脖子老槐树上。岂料外婆并没有因此放弃对他的追逐，她双手紧紧抱着我家那根粗大的门闩，像勇士一般站在树底下，随时准备对付从树上下来的父亲。时间一分一秒过去，两人各不相让，经过长达两个多小时的对峙后，我的父亲不得不向我的外婆低下了他那颗向来骄横的头。

外婆对我说："你的父亲是条狼，吃人的狼，她要吃掉你的妈妈，还有你，我要杀死他，杀死他！"说话时，她两眼射出可怕的光芒。

外婆这种疯狂的举动，使平日里彪悍的父亲害怕了。连他自己都不明白怎么会见到她感到害怕，他整日里东躲西藏，躲避着外婆发疯似的追踪。而她却像猎人一样，瞪着一双猫头鹰一般凶狠的眼睛，寻找着她的猎物，时刻准备出击，这种情景持续了足足半年时间，外婆终于倒下了。

24

外婆病倒了，从此再没起来。她整天整夜地躺在病榻上，眼睛始终无力地紧闭着。可她经常沉溺于对往日的回忆中——她似乎总在一条船上晃荡，那条船就像是摇篮，摇篮里的人忽然幻化成一个个婴儿，那一个个啼哭着的婴儿，不正是自己的儿女吗？她站在摇篮旁，欣喜地将他们抱起、放下，这样轮番地搂抱着自己的每一个孩子，不多不少共有十四个，她开心得咧嘴笑了，她沉浸在一片宁静与幸福之中。太阳、大海、帆船、孩子，环顾一大群簇拥在自己身旁的孩子，她的脸如浪花般绽放。

忽然，她的面前出现一团黑影，身穿黑衣，面目可憎，龇牙咧嘴，手执一把钢刀，朝她挥舞，东劈西砍，将她砍得血肉模糊。她仿佛看见那团黑影抱起自己的孩子，一个个抛下海，孩子落水时的惨叫声，撕裂了她的心。她大叫着，跃入海中，奋力朝孩子方向游去。然而，一个大浪打来，冲散了她和孩子，一次又一次，一浪又一浪，在绝望与希望中拼搏了无数次之后，连她自己也被巨大的漩涡卷入了深不可测的海底……

她一下惊醒了，浑身是汗，像是刚从海里爬上来一般。她喘着粗气，恍恍惚惚，慢慢地坐了起来。

时值午夜，她借着漏进窗户的月光，茫然看了一下趴在病榻旁伺候自己多日而累得疲倦万分的丈夫，然后"窸窸窣窣"地下了床，她的腿软软地发着飘。尽管如此，她还是摸索着到了五斗柜旁，毫不费力地拿到了抽屉里的一把锤子和一枚钉子。起初她摸到的只是一枚一寸长的钉子，她用食指与它比画了一下，发现似乎太短了，怕它达不到自己脑袋的深处，如果真是这样，她害怕仍解除不了自己的那份痛苦。于是，她继续往里面摸索，一枚二寸半长的钉子握在了她的手上，她觉得这枚钉子长度正合适，此刻皎洁的月光正散落下一缕忧郁的寒光。她感觉到自己处在肉体的疼痛和精神折磨的无比恐惧中不能自拔，内心陷于极度的崩溃之中。寻求解脱是唯一的出路，唯有肉体的毁灭才能保持对爱情和母爱的忠贞，以及对孩子的忏悔。

她将钉子放在手掌中，左右打量，她的心狂跳起来，一股热血涌上头顶,她不再去想什么。她凝重地仰望着窗外的月亮，冷静地将这枚钉子举过头顶，把它安放在自己脑门的中央，而后将另一只拿着锤子的手举过头顶，使劲地敲打一下，两下，三下……接着，手中的锤子掉了下来，砸中身旁方凳上的一只空碗，"哐当"一声，碗一分两半，她整个身躯如山似的向后沉重地倒去。"扑通"一声，身躯倒地的响声，惊醒了病榻旁沉睡的丈夫，他发现床上的妻子不见了，他紧张地环视一下四周，昏暗中，他发现有团黑影正在不远处的地上蠕动。

他惊恐万分，赶紧拉亮电灯。幽暗的灯光下，只见妻子仰面躺在地上，他扑过去一摸她的鼻孔，似乎还有一丝气息。他迅速抱住她，让她的头靠在他的臂弯里，困惑不解地看了看地上的那把锤子，突然像意识到什么似的，开始用手在她身上急切地探寻着什么，忽然他看见她零乱的头发里渗出一缕血丝，正顺着头发往下滴，他慌忙扒开头发，他几乎不敢相信自己的眼睛，全身的血液瞬间凝固了，心脏似乎也停止了跳动。片刻他才清醒过来，大声呼唤着她的名字，而后又将她抱起，跌跌撞撞地跨过房门，穿过大厅，站在大门外的屋檐下发疯似的狂叫起来。这喊声恐怖而凄厉，绝望而痛苦，在空旷的夜空中久久回荡……

25

　　我仍是这么疯疯癫癫，似我非我，似人非人。就在我异常疯癫的日子里，母亲毅然带着我离开了嗜酒如命的父亲，到离我家五里地远的一个靠海的小镇上居住下来，尽管生活异常艰辛，但是她对生活却充满信心。也许是外婆的死，让她重新审视自己，她从来也没像如今那样人模人样地活着。她很多次对我说："你是幸福的，因为你可以按照自己的意愿去生活。"

　　对此我似懂非懂，我觉得自己有时无法理解她的话，但她为我所做的一切，就是最好的证明。

　　的确，我不用去学堂读书，也无须与人交往。大部分时间，我会默默地端坐在借居的那幢有着百年历史的破旧的房子里。房子很大，还有庭院，条石垒成的围墙上满是绿油油的爬山虎，风一吹"哗啦啦"作响。墙角有一口井，井边长满青苔，井水深不可测。偶尔还有名叫竹叶青的蛇吐着红红的蛇信在井边爬来爬去，之前，我对蛇之类的动物特别害怕，总是担心它会咬人，但自从我疯了以后，我就不再害怕它们，我常常会对着它们说话，因为在我眼里，有些动物只要你不去攻击它，它就不会对你产生威胁；倒是有些人，就算你对他们再好，有时他们为某种利益也会置你于死地。中午时分，只要有太阳，我就会搬个小竹椅坐在庭院的葡萄架下，此时温暖的阳光透过枝蔓的缝隙，沐浴着我。而在我的膝盖上经常放着一本书。

外公偶尔也会来我家。每次来他总喜欢搬只凳子坐在我身旁。他的到来使我很高兴，但我也会因此而感到很忧郁，因为他让我想起我的外婆。可怜的他从不敢在我面前提起外婆，或许是因为他怕我受到刺激。其实我心里很清楚，外公看见我就像是看见他的妻子，虽然我和他彼此心里都清楚，但谁也不会明说，因为倘若谁和对方明说了，彼此都会受不了。但外公不知道我内心真实的想法，我很想知道外婆的人生经历，尽管他曾经告诉过我一些，但我总认为他没有对我和盘托出，比如她究竟是怎么疯的？为什么她的前任丈夫也就是我的亲外公曾经那么爱她，后来却抛弃了她？……这期间，母亲隐隐约约地告诉过我，说我的亲外公还在，他就住在离我家不远的姑苏城。我听到她说这些话时十分震惊，因为一直以来我以为我的亲外公早已不在人世，自从我知道他还活着并且居住在离我外婆家仅数百里远的城市，却从不与外婆来往，我对那个素未谋面的亲外公不禁产生了强烈的愤慨。然而每次询问母亲这个使我疑惑不解的问题时，她都会有意无意地岔开话题，这使我感到此事非常蹊跷，由此引发我更加强烈的好奇心。

冬日的一个夜晚，窗外纷纷扬扬地下着大雪。外公坐在我的床边呆呆地凝视着我。他很忧虑，也很无奈，通常他来我家只是为了看看我，他不知道我的病何时才能好转，我羸弱的身体和脆弱的神经令他和母亲担心。母亲对他说，我之所以这样，那是因为外婆的魂附在我的体内，所以我的形与神都像外婆，就连那种疯狂的状态也与之一样。外公听后，沉默不语，等母亲一走，他就握住我的手说："你没有病。"

听到他这句话，我默默地注视着他，然后伸手摸摸他的脸颊，他一声不吭地任由我抚摸，眼里充满着温柔。我问他："不知外婆是在天堂还是在地狱？"

外公没想到我会这么问，愣了愣说："多半是在天堂。"说罢，他看了我一眼。

"我怎么老觉着她在地狱？"我说。

"你怎么会这样想？"他一脸疑惑。

"我想，是不是外婆疯了，那个外公才不要她？"

外公听后，这才恍然大悟："你是怀疑你的亲外公为这事才离开你外婆的吗？"

我点点头。

"不是的，不是这样的。"外公看了看我，拿起桌上的茶杯呷了一口茶，然后从口袋里掏出烟袋，点燃烟，若有所思地抽了起来。

随着他的讲述，发生在外婆和我亲外公身上的事情在我眼前渐渐显现……

26

　　原来自从外婆生下第十四个孩子以后，船上就再也没有了笑声。船装货、卸货，但外公再也不像往常那般爱着曾令他喜欢和兴奋的妻子。在他眼里，她的行动变得迟缓，犹如迟暮的老妇人，相貌也不像先前那样如花般美丽了。她终日眉头紧锁、目光呆滞，就像被风吹皱的波浪一样，再也激发不起他往日的生气和激情。他知道妻子是受了严重的刺激才导致这种状态，他也明白个中原因主要来自他本人。他不知道自己把孩子一个个送出去的结果究竟是对还是错，他只知道如果让他们留在船上是绝对养不活他们的。再说船上就这么一点地方，两个人睡都连着头碰着脚，那么多人在船上遇上风急浪大，弄不好船翻了全家人都活不了。于是他没跟妻子商量就自作主张把孩子一个个送人了。有时，他会想妻子为什么那么不理解他，如果不是万不得已谁会心甘情愿把自己的孩子送给陌生人家呢？

　　然而外婆每天生活在恐惧之中，她害怕自己之前生下的孩子过不了多久，又会被丈夫莫名其妙地送了人。每一个孩子都是她心头的肉，当孩子在她的体内渐渐长大，有时调皮地在她的肚子里踢腿挥臂伸懒腰时，她都会感到无比的喜悦，感到做母亲的不易，感到怀着孩子的女人的那种幸福。一个小生命的诞生带给她的是一份充实的生活。可如今她的孩子一个个出生但又一个个被送人。怀孕、生育、失去子女，这种周而复始的循环让她的情绪从希望到失望再到绝望。慢慢地，她对丈夫产生了一种恐惧心理，每当夜深人静，她的身子碰到他时，她就如同碰到毒蛇一般害怕，连她自己也不清楚为什么会变成这样。曾几何时，只要被他粗糙而宽大的手抚摸身躯的任何一个部位，她就会涌起一股异样的感觉，这种感觉让她心里很激动，也很享受和甜蜜。可如今她看见他就感到害怕，尤其到晚上他的手摸过来时，她就会不由自主地躲避他，外公感觉到妻子对他有拒人千里的倦怠，但他觉得她是因为害怕再怀上孩子而不太情愿与之同床，因此他并没有因为她倦怠而放弃，因为在他看来她是他的妻子，妻子是不应该也不能拒绝自己丈夫的，这种责任就像是白天不能拒绝黑夜来临一般。不管怎么样，在外公的眼里她还是那么惹人怜爱。

外婆在亲外公眼里是纯洁的，就算疯了也依然如此。她整天随外公在船上，不断地四处漂泊，不停地做着家务，她的眼里除了船、丈夫，就是孩子，仅凭这些，外公就感到心满意足。虽然她"疯"了，但"疯"了的她看上去仍楚楚动人，有一种不同于常人的美。美得令人心醉，美得令人不忍心去伤害她。她就这样浑浑噩噩地生活着，于天与地之间，于船与海之间。外婆把身边的孩子当成活下去的唯一依靠，她的目光犹如夜幕中的星星，时时刻刻盯着孩子们的一举一动，丝毫不容出半点差错……

外公的叙述很缓慢，还不时抽一口烟，发出"吧嗒吧嗒"的声响。母亲端坐在灯下麻利地编织着毛衣，她的编织速度很快，不断地调换着不同色彩的毛线。她编织的毛衣通常不像人们所编织的那样，只采用一种颜色，而是多种色彩。因此，她编织出的毛衣很特别也很漂亮，常有人请她织。至于编织一件毛衣对方出多少价钱，母亲向来不计较，在她看来只要有活干，有人夸奖她几句，她就觉得很高兴。然而对她的这种想法我并不是很认同，在我看来顾客对其手工活的认可，是出于母亲要的价钱不高，俗话说"一分钱一分货"。我也曾对母亲说过，岂知她一听就说："不能这样看问题，你要知道别人挣钱也不容易，再说人家请你织就是对你的信任和肯定，怎么可以计较工钱呢？"

听到这里，母亲突然停下了手中的活，急切地打断了外公的话，说："很晚了，你也累了，明天再说吧！"

外公正讲得兴起，听她这么一说就不太好意思，盯了我一眼说："看我，糊涂了。"

我看了看母亲，不明白她为什么突然打断外公的话。我以为她只顾自己手头的活，根本没注意我俩的对话，没想到她不但听了，而且听得很仔细，并在紧要关头打断了外公的话。这令外公脸上露出一种意犹未尽、怅然若失的神情。正听得入神的我一下变得很失落，刚才还在我面前栩栩如生的外婆此刻却飘然而去。从母亲急促的语气中我隐约感到我马上就要触摸到事情的真相，然而却又因母亲的插话戛然而止。是我企盼已久的关乎外婆生死的答案？还是发生在其生命中的母亲觉得不应该让我知晓的有些事，唯恐我知道真相后无法承受呢？难道她想对我隐瞒或掩盖些什么？

等我醒来时，外公已经走了。他很少这样不辞而别，我觉得这可能与昨晚他对我讲述有关外婆的事情有关。难道是母亲怕我对他继续发问关于外婆的事才让他悄然离开？答案我不得而知。然而关于我亲外公为什么抛弃外婆这个问题却一直死死缠绕着我，使我终日不安，也令我产生漫无边际的猜想。

27

　　这期间，我常常独自一人蜷缩在角落里，看日出日落、花开花谢。友人们都劝我可以找个工作拓宽自己的生活空间，丰富自己的人生，但我对此总不以为然。我始终认为人的一生都是由命运安排的。我最好的生活就是处在一个孤独的状态，写我自己想写的东西，用文字来与这个世界沟通并揭示最底层民众的艰辛与困苦。

　　我觉得我不这么做就是对不起我死去的外婆，以及像她那样饱受深重苦难的女人。

　　在现实生活中，我被邻居家的孩子所感染，他们的到来常常会给长期处于孤独之中的我带来一丝欢乐，而我也唯有和他们在一起才会感到充实与安宁。有时我也会听孩子们给我讲述他们的外祖母的故事，偶尔他们也会问我："你的外祖母长得怎么样？漂不漂亮？"我对他们的提问总是不作答，或者轻描淡写地一笔带过，以至后来他们就再也不问我外祖母的事。我知道自己不愿提及她并不是我忘了她，相反她的形象如刀刻般印在我心里，使我今生今世无法忘却。每当夜深人静，她就用那双深凹而忧郁的眼睛凝视着我，使我难以入眠，更无法摆脱这长久以来对她的思念。

28

　　一个冬日的傍晚，母亲睡了。我跟往常一样打开书桌上的台灯。电脑旁，我在花盆里种植的一棵含羞草毫无顾忌地舒展着枝叶，我伸手触碰了它一下，它竟像遇见初恋情人似的羞答答地将叶子闭紧了。此刻，我不经意地在"百度"中打进几个文字：一个日本老兵的回忆。紧随其后跳出多篇文章，均是一些日本老兵回忆在侵略中国时所犯下的滔天罪行。

　　令我吃惊的是，此时竟弹出一篇临死前因良心不安怕死了连地狱也下不去的一名日本兵的回忆录，这个名叫宫本见二的日本兵在入侵中国期间杀人上瘾，曾奸污中国妇女三十四人，亲手杀死八个妇女，开枪打残三个妇女。据他回忆，其长官曾捆来一个十五岁的女护士，让士兵在火堆旁活着剖开肚子，取出只有鸡蛋大的子宫，用瓦片烘焙起来。这个女孩此时其实还没有死，血和肠子流了一地，她躺在一旁，无奈地看着自己的器官被焙熟，而后被中队长吃掉，最后头一歪死去。而她的心，则被另一个日本兵趁热掏出来，活生生吃掉。看着那些女同胞在自己国家的土地上竟被日本侵略者惨无人道地用各种手段奸杀和活生生地吃掉器官，我的心揪紧了，血像凝固了一般，整个人从头凉到脚，仿佛从冰窖里出来一般。我像冰柱似的呆坐在桌前，忽然，远处传来一声雷响，紧接着又是一声，由远及近从我的头顶上翻滚而去。我不禁惊恐万状，转头朝窗外望去，只见一个黑影如幽灵般在窗外晃动，身后雷电闪闪，她正隔着玻璃窗朝里面窥探，她的神情犹如她的一袭黑衣，凝重而冷峻。我心一颤，站起身，不由自主地朝窗前走去。

是外婆！窗外的外婆满脸忧伤地凝视着我。她对我似哭非哭，似笑非笑，似乎想要对我说些什么。我凝望着她，感到她离我似乎是那么的近，犹如一层薄纸一戳就破；然而又似乎是那么的遥远，让我始终触摸不到她。片刻后她朝我深深一瞥，带着一种难以言说的哀怨飘然离去。

我急了，想追上她，却被玻璃窗阻隔。

莫非是……我蓦然似乎意识到了什么，但又不敢相信。一时间，我觉得自己好像找到了"亲外公为什么离开外婆"这一问题的答案，但这个答案仅限于我的推测，这种推测如梗在喉，却不能对谁倾诉。这种精神上的折磨使我夜夜失眠，变得神情恍惚且骨瘦如柴，何年何月我才能解脱这种折磨？

29

次日清晨，阳光透过窗户射进我家的客厅。我打扫完室内卫生后像往常一样坐在沙发上随手拿起遥控器打开电视机，画面上正播送着当日新闻。母亲从不关心时政，平时她也只是看些地方戏，比如越剧《红楼梦》《梁山伯与祝英台》《盘夫索夫》，以及黄梅戏等。她会受戏中的人物和情节感染，常常时而泪流满面，时而笑逐颜开，人生的悲欢离合全写在她的脸上。平时她在家里忙进忙出做些买菜、烧菜、洗衣、做饭的事。按理说她已六十多岁，也该享享福了。对她说了，她还生气，认为这是瞧不起她，嫌她老、手脚不灵巧、脑袋不灵活。总之她一如既往地认为她比别人强。自从我父亲在六年前生病离世后，她反倒越活越有生气。母亲说她才六十多岁，还小着呢，像她这样的人能够活到今天就是托共产党的福。说这话时，她的眼圈泛红，脸上充满感恩之情。我突然想起外公说过："假若当年外婆不自行了断，她的寿命也不会这么短。"我把这话对母亲说了，母亲面无表情地捧着盆衣服，站在阳台上转头看看我，说："你并不了解她，我想她是不得已而死。"

"什么叫不得已而死？"我听不懂！我仿佛想起什么似的说："昨晚我一夜未睡，你猜为什么？"

"为什么？"她好奇地问。

"昨晚我看到有份资料中记载，日本人侵略中国时竟然残酷地把一个活生生的少女的子宫挖出来在火上焙烤后，连同心挖出来一起吃了。"我边说边义愤填膺地看着她，语调中带着试探性的口气。

"你外婆也惨遭日本兵强奸过。"母亲这么说着，一副漫不经心的样子，好像只是为接我话茬才这么说的，她的语气轻如蚊蝇，与之平时高八度的嗓音完全不同，说这话时望了我一眼，然后迅速转向别处。

然而，这话却犹如晴天霹雳，使我的心脏迅疾加快跳动。这段往事来得是多么突然但又似乎在我意料之中，很多时候我常常因自己的第六感觉对某件事情预测的准确性感到不可思议。

我的心似乎要蹦出胸膛，人像被子弹击中似的瘫软在沙发上，凝视着母亲。母亲好像完全没有觉察到我瞬间的情绪变化，她神情自如地取出盆中的一件衣裳，犹如杂技演员抖耍空竹般将衣服朝空中一抖，衣服散开了，荡在半空中，她手脚麻利地将衣服拿到衣架下，用一只只木夹依次夹住衣袖、领子，而后将衣服往下扯了扯，用叉子叉起，挂到阳台的晾衣架上，衣裳被风吹得摇晃了几下。她的神态是那么淡定，动作是那么连贯。这份淡定使我几乎怀疑母亲脑子出了什么毛病；或者随着时间的推移，她早已将外婆所经历过的事看作过往烟云；又或者这种回忆她认为只是已过去了的、不再值得一提的小事。

"你说什么？"我的脸一下变得煞白，不敢相信但又急于知道下文似的近乎咆哮地发问。

"跟你说，我能活到今天不容易，要不是我的命硬恐怕我早已不在人世，这世上也就没你这个人的存在了。"母亲说着，用两只手掸了掸围兜上的水珠，径直朝我走来。她根本没朝我看一眼，就在我身旁的沙发上坐下，随着她缓慢的讲述，一段关于我的亲外公为什么弃外婆而去的往事血淋淋地展现在我面前……

30

那是 1940 年 4 月的一天，我的亲外公与往常一样，在次日出发运货之前去货主那里谈事。临走，他对外婆说："等我回来一起吃晚饭。"外婆虽然神志有些不正常，但对他的话还是言听计从的。

外公走后，外婆看小儿子在船舱里熟睡，趁着时间尚早，就领着三个孩子上岸，在离船不远的田野里挖野菜。此时留在她身边的仅存四个孩子，这四个孩子中，数海洋年龄最大，已十六岁，女儿海花十五岁，我母亲十一岁，还有就是一周岁多点的儿子海果。外婆此时已经三十二岁，这种年纪的女人按当地人的说法，已是"人老三十半世宽"。外婆已生育过十四个孩子，可令她失望的是，留在她身边的仅剩一个零头，那些被送走的孩子的命运如何她都不知晓，这更使她惦记这些被送走的孩子，有时想多了她的脑袋就像裂开一般疼痛，疼得厉害时还会在地上打滚。对她来说想了又有什么用？还不是照样无可奈何地看着孩子一个个离她而去。于是她开始尽量回避这个问题，往往凡是要刻意回避的事情大都是令人无法回避甚至是刻骨铭心的事，她所能做的只是照看好留在自己身边的孩子。

天气晴朗，春风微拂。外婆手执一把剪刀蹲在田埂上熟练地挖起野菜。我的母亲宝花由姐姐海花领着走在前面，每当海花找到野菜后就会喜出望外地转身跑去告知她。外婆一边挖一边不时抬头用目光搜索一下在远处田野里挖野菜的海涛，她怕他跑远了会找不到他。挖了一阵子，她抬头望望天边的太阳，发现太阳快要沉到山后头去了，想着丈夫临走前的叮咛，便站起身仰头呼唤两个女儿。听到母亲的喊叫声，海花拉着我母亲，边应答边飞快地奔跑过去，等到海涛也出现在她的面前，她叮嘱他们一起去街上看看父亲，叫他赶快回家，别又喝醉了酒，明天一早还要出海运货，她怕他喝多了误了大事。然后，她挎着装满野菜的竹篮晃悠着上了船。随后，她将竹篮放在船尾，走进船舱看望熟睡的海果去了。

忽然外婆感觉到船摇晃得厉害，接着便传来"咯噔咯噔"重重的脚步声。起初，她以为是外公回来了也没在意，过了一会儿，她钻出船舱，然而眼前的情形让她吓了一跳：一个日本兵站在她面前，正歪着脑袋对她笑。她一看，发现是驻扎在乍浦镇上的那个日本兵。那日本兵她熟悉，只要她家的船在这码头上停泊，他有事无事就会到船上来。外婆不清楚他为什么老是喜欢背着枪在码头上晃来晃去，还隔三差五地端着枪到这条船上看看，又到那条船上查查。后来她从外公的嘴里得知，那日本兵专门检查进出码头船上的货物。他已经有好多次到她家的船上来检查，来时他和他的同伴总是用刺刀一会儿在这捆货物上捅捅，一会儿又拆开另一包物品看看，外婆在旁看着心里很害怕，总觉着他们好像要故意挑刺似的，好在有外公应付着，使她放心不少。每次遇到日本兵上船检查，外婆就会一声不吭地躲得远远的。

然而，不知从什么时候起，外婆隐约觉得每次他们上船检查时，那个左脸颊鼻翼旁长有一颗痣的日本兵的目光有意无意地总落到她身上，尽管她假装没看见，但她仍能感觉到他眼中流露出一丝让人捉摸不透的神情。最近一次，那日本兵和他的同伙把另一条船上的货全缉查了，说是船上载有违禁的物品，那条船上的老大因此倾家荡产而投海自尽了。外公得知此事也吓得不敢再运货出海，因为他搞不清楚在日本人眼里究竟哪些货物属于违禁品，加上正逢货运淡季，外公干脆做了个调整，将航行多年早已破旧的那艘船请人整修一下。修船可不是简单的事，没有两三个月的时间是修不好的，外公将船上的生活用品一股脑儿全搬上了岸。

外公在乍浦镇上租了房子，房子不大，只有两间屋子。位置有点偏僻，在镇的最西边，前面有一条河，屋前种着的几棵丝瓜藤攀延在一根竹竿上，悠悠地吐着花蕊。外婆待在陆地上的精神看上去似乎比在海上的要好，她觉得海上的生活就像是浮萍，永远漂泊不定，没有喘息的机会，所以使人感到没有根基；而陆上的生活就像是踩在一座山峰上，永远稳妥地站立，使人颇有安全感。屈指算来日本军队占领这地方已经有四个年头了，在这段时间里，外婆有几次经过日本军队驻扎在乍浦的司令部时，都会看到那个日本兵在门口站岗。有一次，她看到他好像还跟她稍稍点了点头，外婆不知道他为什么要跟她点头，只当作没看见匆匆地走了。

然而，那个日本兵却有事无事地喜欢上她家里来，有时正逢她们一家人在吃饭，他会毫不客气地从她家桌上拿起碗倒水喝，这使外婆心有余悸。她思忖着，这也太不讲道理了，他竟然拿她家的东西当作自家东西，可她又不敢说什么，因为他的手里老提着一把枪。他偶尔也会与外婆的几个孩子在门前的场地上玩跳房子的游戏。

奇怪的是，那日本兵好像与他的同伴有些不同，看上去似乎很喜欢孩子，看到海果站在"立桶"里也会凑过去逗逗他。这种用稻草编制或木头制成的桶，当地人称"立桶"，是专供能坐或站立的儿童用的，做父母的如遇有事情要做，通常就将孩子放在"立桶"里，让孩子自个儿玩，这样既安全也省事。

　　有一天傍晚，他趁着我的外婆和外公吃饭时，竟然带着我的母亲宝花和海涛一起到离家百米远的一处残墙乱砖中抓蟋蟀。那日本兵听到东墙的角落里有蟋蟀的鸣叫声，就命令我的母亲和海涛将堆垒在那里的乱砖一块块搬开，他俩在他的指挥下气喘吁吁地搬掉了所有的砖块，想要抓住乱砖底下的那只蟋蟀，却突然发现刚才还叫得欢快无比的蟋蟀此刻却没有了声响，究竟是他们惊动了它让它跑了，还是它仍在砖底下故作沉默？于是三人将头犹如斗蟋蟀似的凑在一起，朝砖头缝隙里张望。"快看，快看，就在那里！"海涛大声叫起来。那日本兵将海涛的头用手推向另一侧，将自己的脑袋迅速移到海涛原先的位子。"就在那里！"瞬间日本兵大呼小叫起来，随即将一只手伸进砖缝里，顷刻一只蟋蟀被他捉了出来。我母亲和海涛嚷嚷着要那日本兵把那只蟋蟀给他们看，日本兵一听，小心翼翼地将紧攥的拳头稍稍松开，我的母亲终于从他的手指缝里隐约看到了那只蟋蟀。

　　海涛兴奋极了，随即将一只早已准备好的竹罐拿了出来。那日本兵刚开始不明白此是何物，后来海涛向其介绍这是蟋蟀罐时，他的双眼立马放出光来。他一把从海涛手里夺过竹罐，随即研究了半晌，然后将蟋蟀从罐口轻轻放入罐内，再将罐盖盖住，提在手里，三个人围着蟋蟀罐看起来。

　　"海涛，宝花，你们快回来！"不远处传来外婆呼唤他俩回家的声音。

　　我的母亲对哥哥说："快回吧，母亲在叫我们呢！"于是他们心急火燎地跑回家去。

一进门，那日本兵就将蟋蟀罐提给外婆看，嘴里还说道："大大的。"

我的外婆一看，那只蟋蟀还真大，且乌黑发亮，她说如果明天将它拿到街上与斗蟋蟀的人去比赛准会赢。那个日本兵起初听不太懂，后来我母亲连说带比画地告知他，他这才明白过来，兴奋地说："明天，比试比试。"望着他流露出来的像孩子一般的神情，我外婆悬着的心才像一块石头似的落了地。

在他仨抓蟋蟀时，我的外婆就站在离他们不远的一个墙角里紧张地窥探着，她的视线穿过幽暗的光线不敢有丝毫懈怠地注视着孩子们，她不知道那个日本兵究竟想干什么，不仅常上她家来，居然还带着她的孩子一起玩耍。她不清楚他为什么不好好待在自己的国家，却跑到中国来。像他这样的人应该也有天真无瑕的童年，可如今他却成了这里的侵略者。他的出现使她感到很不舒服甚至很压抑和愤慨，所以当她看到他拎着那只装有蟋蟀的竹罐与她的孩子一起走进她家时，忍不住打了个寒战。

然而，那日本兵似乎丝毫没有察觉到外婆的神情，他一手提着枪，一手托着竹罐兴奋地将它递到她面前，外婆显然没有心情看竹罐，而是关心着她的两个孩子，当她看到自己的一双儿女毫发无损地站在她面前时，紧张的心情才松懈下来。

"你的，瞧瞧！"日本兵欣喜地说着生硬的中国话，提了提竹罐让外婆看。

外婆这才转头过去往竹罐内看了看。果然一只黄中带黑的蟋蟀待在里面，它不止一次地尝试着往外蹿，无奈被关住怎么也蹦不出来，就如同没头苍蝇似的在里面乱转。外婆看看天色已晚，就催着孩子们去睡觉。那日本兵听后，望着竹罐里的蟋蟀比画着对外婆说，这只蟋蟀归他所有。外婆听着，比画着让他拿走，谁知他说蟋蟀就存放在她家，明天他准备拿去与街上斗蟋蟀的人比试，看看究竟能不能赢。外婆听后也就不再说什么，看着外婆不再搭理他，日本兵将蟋蟀罐往桌子上一放，还没等外婆反应过来，他伸手朝她的脸颊上抹了一下就走了。

一时，外婆愣在那里。等那日本兵一走，外婆转身就将我母亲和海涛一通臭骂，骂他们不知天高地厚，怎么跟日本兵一起捉蟋蟀，以后如果再跟那日本兵去捉什么蟋蟀她就打断他俩的腿等。孩子们听着母亲的责骂声，想着刚才那日本兵朝她脸上抹一下的情形，他俩谁也不敢吭声。海涛过了半晌才吐出一句话："我俩抓蟋蟀，是他跟着我们的。"外婆一听，愣了半晌，啥话也没说就回自己房间去了。

渐渐地，那个日本兵上外婆家更频繁了。外公对他很有戒心，经常注意着他的一举一动，生怕他对家人做出什么出格的事情来。倘若他外出办事，就会让孩子们陪着外婆，外公认为自己不是胆小，只是怕稍有疏忽会弄出什么事情来。再说眼下日本人统治着这地方，在他们眼皮底下过日子，稍不留神就会有性命危险。他看着外婆整天恍恍惚惚的样子，心里有一种说不出来的担心与忧虑。她的美不光做丈夫的赞叹，看到她的人都为之美貌而惊叹。外公自然清楚这一点，所以大部分时间总和她在一起，除非有什么不得已的事才会离开她。

经过两个多月，他的船已整修完毕，外公将租屋内的生活物品全都搬去了船上。外婆看到又要回船上过了，似乎清楚又要跟随丈夫漂泊于海上。外公此次离开她一会儿，就是邀货主谈即将启运货物的注意事项。修船花费了他不少费用，也耽误了两个多月的货运，而今又有生意可以做，于是外公兴高采烈地对她交代完后就走了，然而正是这么一次短暂的离开，却让外婆蒙受了不堪回首的灾难。

此刻，那个日本兵用一种异样的神情凝望着她，这让外婆感到很害怕，他和往常一样手里提着那把枪。这把枪外婆无数次地看到过，看到这枪她脑海里就会浮现出"死亡"两字。她的身子忍不住有些微微颤抖，她不知道那个日本兵到船上来干什么。前几天，当她从外公嘴里得知他们的船后天就要起航离开乍浦时，她的心里不知怎么有一种说不出来的高兴。这与往常不同，以往她总希望能在陆地上多待些日子，因为她喜欢陆地上那种无须四处漂泊且稳定的生活，在她的心里陆地始终是她的归宿，而海洋永远只是她暂时的港湾。从昨日上船起，外婆的心好像平静了许多，是什么原因导致她如此期盼赶快离开乍浦呢？外婆上船后也没搞清楚这个问题。然而当她看到突然出现在眼前的那个日本兵时，外婆仿佛找到了这个问题的答案：她想远离这个日本兵。

那个日本兵其实第一次看到她时就被她的美貌吸引了。他很喜欢她，为了能见到她，他时常找些借口到她家的船上检查，说是检查实质是想看到她。他知道她是个有多个孩子的母亲，在与之多次的接触中，他似乎感觉到她与通常的女人不同，不一样的地方很多，比如她的美貌。此刻那日本兵望着外婆略微颤抖的身子，用手指了指自己鼻子，然后又指了指她说："你的不用怕，我的喜欢你！"

外婆听他这么说，更加胆怯，她脸色苍白地后退了几步，还一个劲地对他摆手，嘴里想说些什么，无奈却一个字也说不出来。

他一下冲过去试图将她抱住。外婆一见，赶紧往旁侧跨一步闪了过去。那日本兵急了，重新张开双臂像老鹰抓小鸡似的朝她扑过去，嘴里仍不停地喊着："我的喜欢你！"

外婆来回躲闪，左右跳动着试图突出他的包围，无奈他的速度比她还快，还没等她反应过来，他早就抓住了她的一只胳膊。接着日本兵将她面对面紧紧抱住，他俩目不转睛地盯着对方。瞬时，彼此像见了鬼似的号叫起来。这种号叫很刺耳，但彼此的叫声却绝然不同，外婆的喊叫就像半夜遇到鬼一般，发出的是声嘶力竭的恐怖叫声；而日本兵的喊声犹如饿昏了的野狼，见到可口的猎物一样。

外婆清楚其号叫声中所包含的内容，她挣扎着试图挣脱其紧紧搂抱着她的手臂，无奈他的力气比她大，不管她怎么使劲，还是被他压倒在了甲板上。于是他俩在甲板上打起了滚，他的嘴里不停地说："花姑娘的，你的漂亮，我的喜欢……"

外婆挣扎着伸出一只手，拼命推开朝她脸上凑过来的他的那张嘴，而他则固执地朝她的脸颊凑上去。

"你的不要动，我的喜欢你很久了，你的漂亮的大大的！"他一边说，一边坚持着将嘴朝她脸凑上去。

外婆急了，拼命挣扎并使出浑身解数，试图挣脱他的手。然而此刻那个充满兽欲的日本兵占了上风，柔弱的她根本不是他的对手，但她还是奋力抗争着，她将头转过去，用嘴咬住他向她摸来的一只手腕，他被她咬得疼痛不已，"哇啦哇啦"地直叫唤，他腾出手抽了她一个耳光。外婆被激怒了，她死死地咬住他不放。那个日本兵原以为她只是个手无缚鸡之力的弱女子，不曾想她竟如此刚烈，完全出乎他的预料，突然他将她一把推倒在地，步伐坚定地朝船舱内冲去，像老鹰抓小鸡似的将正在啼哭的海果提了出来。外婆一见，立刻停止了喊叫，她神情紧张地望着被其悬在半空中晃荡的小儿子，她意识到一种潜在的危险在向她袭来，他向她的孩子伸出了魔爪。她望着可怜巴巴的小儿子，心急如焚，她知道那日本兵想要以她儿子的性命来胁迫她就范。

无奈海果不听他的，似乎根本不知道即将到来的危险，他在那个日本兵手里吓得"哇啦哇啦"大哭，在半空中手舞足蹈。外婆一见，赶忙从地上爬起来扑过去，紧紧抱住那日本兵的大腿哀求道："求求你，你放了他！"

那日本兵显然听懂了她的意思抑或他觉得正中下怀，便指着海果冲她恶狠狠地比画着："你的要不从，我的就将孩子摔下去。"

外婆一听，瘫倒在地。那日本兵一见，立即将海果扔在甲板上，接着将她迅速拖进舱内，放下手中的枪，迫不及待地动手撕扯起她的衣裤来。

就这样，海果在舱外"哇啦哇啦"地啼哭着，而外婆则浑身颤抖着瘫倒在舱内，顷刻间，一个绝望而凄惨的叫喊声响彻云霄，于大海的上空久久回荡……

31

就在外婆惨遭日本鬼子蹂躏之际，外公与货主谈完运货事宜后正赶回家。

那天，他的酒喝得比往常多，货主说他已经喝得差不多醉了。外公站起身，无奈腿好像不听使唤，踩在地上就像踩在棉絮上似的，这使他自己也感到有点奇怪，之前他就算是喝得酩酊大醉，走起路来也不至于这样。他突然想起出门前对妻子说过回家一起吃晚饭，通常他从不食言，于是他买了点猪头肉即刻出了酒店，与货主告辞后兴冲冲往船上赶。

一路上，他满心欢喜地想着与妻子和孩子们见面时的情景。这回他似乎喝得有点过，走起路来总是歪歪斜斜。

太阳已落山了，天色已呈灰暗。外公提着那包猪头肉兴冲冲踏上了跳板，船上寂静得好像没人似的。外公觉得与往常有点不一样，以往只要他一踏上跳板，孩子们就会冲到船头，等他上了船，有的抱他腿，有的搂他腰，有的拉他手，一阵欢蹦乱叫后，他们簇拥着他一起来到外婆面前。就在他纳闷之际，甲板上忽然传来海果时断时续的抽泣声，这声音外公很熟悉，是哭累了才会有的声音。

这时，他看见那个日本兵从船舱内钻出来，站在舱外低着头手忙脚乱地提着裤子。还没等他反应过来，那日本兵就衣冠不整地踩着船舷朝他迎面走来。显然他的出现让那个日本兵愣了一下神，但很快他皮笑肉不笑地冲外公咧了咧嘴，提着枪，迅疾踏上跳板，消失在茫茫夜色之中。

外公眺望着他匆匆消失的背影，心中蓦然涌起一阵不安。他迅速踩过船舷钻进舱内，只见外婆头发零乱，犹如雕塑一般坐在那里一动不动。见他进去，也没反应，两眼茫然地直视着前方。

外公急切地问："你怎么啦？"

外婆见问，也不答话，只是朝他看了看。

"那日本兵来干什么？"外公心存疑惑，但却问道："孩子们呢？"

外婆好像没听见似的，局促不安地凝视着他。

"究竟出什么事了？"他问。

外婆仍没搭理他，只是慌张地撸了撸零乱的头发。

他俩你看看我，我瞅瞅你，谁也不再说话。船舱内静得连一根针掉在地上的声音都能听见。外公张了张嘴似乎想对她说点什么，但喉咙仿佛被什么东西堵住似的，啥也说不出来。他将她从上到下又打量了一番，发现外婆的目光里透出一丝惶恐和躲闪，只要他的目光与她相视，她就惊慌失措地闪到一边去。这让他想起那个日本人慌慌张张地在舱外整理衣裤的情景，心里不免一阵惊悚，他很想询问她究竟发生了什么，但似乎又感到这样做有些不妥，仿佛意识到如果再询问下去不免显得有点冷酷和不近人情。从他的内心出发，他宁愿相信事情不是他想象的那样，人有时是宁愿装作糊涂也不愿赤裸裸地揭开真相的，这种处事方法不管是对他人还是对自己都是一张保护网，如果这张网被无情戳穿，那坦露着的将是两颗滴血的心，彼此都会受到伤害。

外婆神情不安地凝望着他，似乎想对他说什么，但又觉得什么也不能说，她知道自己所遭遇的一切对她来说已是噩梦，如果让丈夫得知真相，真会要了他的命。她清楚地知道她在他生命中的分量，还是由她独自来承担这份羞辱和痛苦吧。她隐约感到如果从她嘴里说出真相，他不定会做出什么让人意想不到的事情来，他绝对不会像现在这般沉默，尽管她知道沉默底下蕴藏的往往是炽热的地火，此刻她感到他的情绪犹如火山下的岩浆，稍不留神就会爆发。

"爸爸，原来你已回船了，我们刚才还在街上到处找你呢！"舱外传来海涛的声音，原来是孩子们回来了。随着他们的到来，一切变得热闹起来，外婆默默地爬起，脸色凝重地抖动一下身子，像什么事也没发生似的走出船舱，摸索着做饭去了。

星星犹如蛇的眼睛在夜幕下闪烁着诡异的光。外公躺在外婆身边轻轻地将她搂在怀里。她什么也不说，但却比之前更沮丧更迷离，她的头枕在外公的手臂上，身子犹如婴儿般蜷缩着。以往他总会亲吻她的发丝和她的脸，这次不同，他只是紧紧地搂住她，好像一放手她就会随风飘走似的。他不想让她离开，同样他也不想离开她，似乎唯有这样他才能保护她，同样也保护自己。外公不想去思考刚才那日本兵到船上来的原因，他不想让自己陷进泥潭，他知道一旦陷进去就再也走不出来，就算能走出来也一定是面目全非了。

次日清晨，太阳还未从地平线上升起，外公就带着外婆和孩子们起航了。他先是跳上岸，解开系在木桩上的缆绳，然后，让海涛升起久未扬起的风帆。趁着晨曦微露，船朝大海深处驶去。外公站在船尾紧握着橹，他熟练地把着橹，遇到激流险滩，只见他将橹轻轻一拨，船就犹如听话的孩子一样跟着他转。此

131

去的目的地是盐官，他是个很有孝心的男人，打算将这船货运送到那儿之后，就带着外婆与孩子们去往岳父母家住几天，他觉得远嫁的女儿是父母亲最牵挂的人，而外婆疲惫的身心只有在他们那里才能得到些许的安抚和慰藉。

32

　　世上许多事情往往是难以预料的。当外公带着外婆和孩子们来到那个安逸温暖的家时，他的岳父母所住的村庄在前一天遭到日本鬼子的洗劫。

　　当我的外公带着外婆和孩子们来到他俩曾经拜堂成亲的那幢老宅时，顿时就被眼前的一切惊得几乎停止了心跳：平日整理得干干净净、点缀得花繁叶茂的院子，此刻却花落草萎，零乱不堪，往日晾晒在竹筐内和竹竿上的草药散落一地，几条野狗狂叫着在上面胡乱踩踏。

　　外公一见，头"嗡"地大了，难道是鬼子？……他不敢往下想，心急火燎地朝里屋大喊，但无人应答。他赶紧跑进屋内，只见里面的东西被翻得乱七八糟。他三步并作两步地冲上楼，像没头苍蝇似的乱窜，仍没找到二老的踪影。情急之下，他转身下楼，见外婆带着孩子正神情恍惚地站在楼梯旁，外公说："到外面找找！"说罢，一阵风似的奔跑出屋，穿过院子，拐弯，顺着小路跑去河边。忽然，他看见岳父母双双扑倒在地，无数颗子弹穿透二老的背部，打穿前胸，渗出的鲜血将胸膛下的草地染成了暗红色。很难想象他俩在临死前的瞬间都想些什么。但可以肯定二老在最后时刻是想跳入河中求生的，他相信岳父母在死之前曾经为争取活下去而做过一番努力。

外公望着双双倒地的岳父母尸体感到眼前一阵眩晕，几乎站立不住，他忽然想到外婆倘若面对这般惨景怎么经受得了，但此时，外婆早已悄无声息地站在了她死去的父母亲身前。

怔怔地，她仿佛不认识他们似的注视了好一会儿。她慢慢地跪在父亲身边，伸手抚摸着父亲的身躯。父亲面朝黄土俯伏在地，身上的灰色长衫上满是血污，后背的弹孔多如蜂窝。她把那些弹孔依次摸了个遍，让人觉得她似乎要将每一个弹孔镌刻进自己记忆的深处，生怕遗漏一个似的，她的嘴里还喃喃地说着些什么，但谁也听不懂。接着她又跪到母亲身边，像抚摸父亲一般抚摸了母亲一遍，她的手不停地颤抖着，脸色像死一般惨白。

外公望着她，心慌得厉害，他怕接二连三的打击会使她陷入一种难以控制的疯狂境地。然而，外婆只是机械地抚摸着父母的身躯，好像全然不知道他俩已经死去，倒认为父母像熟睡了一般。她似乎不知道什么叫作悲痛和忧伤，整个人像失了魂似的毫无表情，无声无息。

其实外公很希望外婆能哭出声来，此刻哭泣比沉默更好，这种呼天喊地的发泄反倒能让人排解内心的悲痛，不至于给原本就忧伤的她雪上加霜。外公为岳父母操办丧事时，外婆总是像木偶似的发着呆，不哭也不闹，始终在他的身边寸步不离。

安葬了岳父母后，外公决定与外婆一起留在岸上生活。岸上的日子让他觉得索然无味，因为他打小就在海上生活惯了，看不到大海和惊涛骇浪，外公的心里总觉得缺了点什么。然而为了外婆他决定留在陆地上。外婆经历了这些惨事后变得与以往大不一样，她总是沉默着，外公对她说些什么，她的注意力总集中不起来，总是似听非听的样子。还有一个心结始终隐藏于他的内心深处，不能碰也不敢去碰，这是他心头永远的痛，只要一看到那条船，他的眼前就浮现出那日本鬼子站在船舱外慌忙拉扯着衣裤的那一幕，就会令他情不自禁地浑身颤抖，有时还会发出一种声嘶力竭的号叫。这种号叫使外婆感到万分恐惧，她会蜷缩在床的一角，不停地发抖。他不想看到那艘船，更不想踏上那艘船。

自从在父母家住下后，外婆就在离家不远的小镇上开了家茶馆，茶馆不大，可供三四十个人用茶。起初外公并不答应开茶馆，认为自己不会做这种生意，加上外婆一天到晚脸上没有喜色，怎能做好生意，开茶馆是要有人缘的，沉默无语的店主怎么能招来顾客？可禁不住外婆的死磨硬缠，外公也就依从了她。令他想不到的是，茶馆开了没多久就生意兴隆，门庭若市。这让外公很高兴。心想，只要茶馆能顺利开下去，总比海上遭遇大风大浪强，至少无须风里来雨里去地担惊受怕，而且再也看不到让他充满疑惑的那艘船了。这么想着，他的心里有了一丝安慰，踏实了许多。

有一天，全家人正聚在一起吃晚饭，外婆忽然觉得心口堵得慌，一阵恶心从胃里涌上，忍不住呕吐起来。外公一见，忙问："你身体哪儿不舒服？"

外婆只想吐，也没看他，说："不知道。"

外婆浑身上下懒洋洋的，外公看在眼里急在心里，问她，外婆似乎也说不出个原因来，只是一个劲儿地说想睡觉。外公听后也没多想，觉得她一定是累了，尤其是经历了那段生不如死的遭遇和双亲死亡的沉重打击后，她变得更为脆弱。外公十分理解并体谅她。

外婆的身体时好时坏，有时会在茶馆里拎着水壶，不停地往顾客的茶杯里续水，偶尔也会说上几句招呼客人的话；有时就独自躺在被窝里昏昏沉沉地睡觉。好在来茶馆的人大多喝到上午九时左右就回家了，只有零星的几位顾客留下来聊天。

转眼五个月过去。

外公发现外婆的肚子渐渐大起来。这令他十分疑惑，不明白她的肚子怎么会莫名其妙地鼓起来。夜深人静，他趁着她熟睡之际便小心翼翼地伸手去摸她的肚子，感觉那肚子光溜溜、圆乎乎的，与之前怀孕时的状态没什么两样，只不过这一次不知怎么令他感到惶惑与不安。

外婆可不一样，当得知自己又怀孕后，原本被接二连三发生的灾难摧垮的她，好像又慢慢恢复了元气。之前，她对生活早没了信心，她之所以能有活下来的勇气，完全是因为她身边有四个孩子支撑着她，因此对她来说肚子里怀着的小生命又将是她的希望和期待。

就这样，外婆怀着肚子里的孩子浑浑噩噩地一天天过去。然而外公却不同，自从他怀疑她肚子里的孩子不是自己的种后，心情变得异常复杂。当他看着她移动着笨拙的身躯在他面前走来走去时，心里有着一种说不出来的滋味，并夹杂着一种难以言说的复杂的情绪。有时他甚至会用蔑视的眼光看着外婆。夜晚睡觉时，他也会有意无意地与之保持一定的距离。尽管他的内心里有个声音在说，你不要多猜疑，这孩子是你的，是你与你的妻子的。

但有时他觉得她那肚子里怀着的好像不是他的孩子，在外公的脑海里不止一次闪现出那日本兵提着枪从船舱里衣冠不整地出来的情景，难道是他的？一想到她肚子里怀的有可能是日本兵的种，那如影随形的阴影，就像蛇一般紧紧缠住他的心。仇恨、愤怒、无奈，使他夜夜长叹短吁、辗转反侧而无法入睡。他回想起那天妻子望着他时那惊慌失措中透出绝望的眼神，心里就堵得慌。

33

那是一个除夕夜，雪犹如漫天柳絮在天空中飞舞。一阵肚疼将外婆从睡梦中惊醒，她慌忙推了推躺在身旁的外公。

外公从迷糊中醒来，揉了揉眼睛说："怎么啦？"

她撑起身子吃力地指着床前摆放着的一只木箱说："快，快把里面的包裹给我。"

外公一听，迅速跳下床，光着脚跑去取出包裹递给她。

外婆侧着笨重的身躯，试图将包裹解开，然而疼痛一阵接着一阵袭来，她只好喘着粗气对愣着的外公说："快，将里面的剪刀取出来！"一边说着，一边平躺下去，并努力将裤子拉到小腿肚下。

外公一边解着包裹，一边安慰道："不要着急，那么多孩子都生下来了。"话虽这么说，但连他自己也不明白此刻他的心为何跳得如此之快，按理说他已经历过其十多次生产的过程，这种事对他来说没什么好担心的。他将剪刀递给她。

她一瞧，急了："你想让我自己来？"

外公这才反应过来，紧张地走到床边，俯下身。

她的两条腿张得很开，脸涨得通红，汗水从额头上淌下来。

顷刻间，婴儿露出头颅。

他一见，便急呼："出来了，出来了！"

外婆听到他的叫声就鼓足劲向下运力，她双手紧紧抓住床沿，眼珠子瞪得像要爆裂出来似的。

外公在旁也帮忙使劲喊："快用力！再用力！"

然而不管她怎样使劲，那胎儿就是不肯下来。

看着她几乎要虚脱的样子，外公忍不住开了腔："怎么办，要不我抓住他脑袋往外拉？"

外婆一听，气喘吁吁地说："不行！你会弄死他的。"

外公急了，说："可时间一长，大人也会出问题。"

外婆快受不了了，她克制不住地喊道："只要孩子能活下来，我死了也无所谓的。"

外公听后，也不答话，他迅速摁住胎儿的头顶将其推了进去。岂知胎儿不知怎么还是下不来。原本他想让胎儿调整一下胎位，生产或许会顺畅些，岂知他这一举动并没有什么效果，孩子不但没有因此而迅速生产出来，倒是把她弄得痛不欲生，忍不住又将他骂了一通。经过一段时间的折腾，孩子终于降生了，但外婆却因体力耗尽昏了过去。

外婆昏昏沉沉地睁开眼睛，恍惚间，她看到墙壁上跳跃着许多金黄色的斑点，定神一看，是夕阳的余辉在闪现最后的光芒。

"你醒啦！"外公伫立在床前，似乎在等待着她的苏醒。

外婆看他一眼后，像想起什么似的打量着四周。

他说："有刚烧好的稀粥，你喝一碗好吗？"

外婆像没听见他说的话似的，仍继续寻找什么。片刻，她才问："孩子呢？"

外公怔了怔，也不答话，顾自下楼去了。不一会儿，他端上一碗稀粥递给她："吃了再说。"

她不理会，依旧问道："怎么不见孩子？"

外公继续保持沉默。

"孩子呢？"

"你喝了这碗粥再说嘛。"他仿佛在回避着什么。

外婆似乎感到情况有点不妙，挣扎着试图坐起来："你有事瞒着我。"

外公心一急，实话实说："孩子被我送走了。"

"什么？"外婆听说，嘴巴张得老大，像不认识他似的望着他，片刻，犹如山洪暴发似的大哭起来。这哭声就像他第一次将孩子送人时一样，那种老狼失去幼崽后的号叫声，让人听了感到毛骨悚然。

然而，外公早就对此习以为常，之前他总是让生下的孩子在她的身边生活上三四年，虽说这种方法对做母亲的来说很残忍，但时间一长，这似乎成了惯例。至于他为什么会将海洋、海花、我的母亲宝花和小儿海果留下，外婆也曾问过他，他的回答是："这些孩子已经长大，可以替父母出力了。"她当时听了也不答话，只是感到心隐隐作痛。似乎觉得自己只有生孩子的份，却没有让他们在自己身边生活下来的权利。

刚经历过生产之痛的外婆，一听孩子又被外公送走，就顾不上身体的极度虚弱，她的心被失子之痛搅得无法承受，号叫着愤怒地从床上挣扎起来，朝他扑过去，她的双手像狼爪一般紧紧掐住他的喉咙。外公被她突如其来的举动弄蒙了，一时难以招架，他被她掐得喘不过气来，脸色由白转青，并感到浑身无力。他搞不懂看似弱不禁风的她怎会有如此巨大的爆发力？情急之下，他抓住她的两只手腕使出浑身的力气，将她的手从自己的脖子上掰开，又将她的两只手牢牢地摁在床上。外婆挣扎了几下就仰面躺在床上再也动弹不得。

"给他一两年时间行不行？"外婆有气无力地问。

"不是我不想给他时间！"

"那，你为什么要这样做？"

"与其日后送人，还不如早些送走。"

"他还那么小。"

"越小越好。"

"你不觉这样太残忍吗？"

"大了，懂事了，才更残忍！"

"那之前的孩子，你为什么都不这样？"

"这孩子，这孩子不一样……"他几乎控制不住自己的情绪。

"什么不一样？"方才还在向他兴师问罪的她突然紧紧追问一句。

"你以为这孩子是我的？"

"啥意思？"她似乎听不懂他的话，满脸疑惑，神情像棵被霜打的包心菜由青转白又变成灰色，瘫在那里动弹不得。

"你说什么？"她凝视着他，一脸茫然。

瞧着她一副目瞪口呆的样子，外公这才意识到自己失言了，把原本不该说的话讲了出来。

空气中弥漫着极度紧张的气氛，随时像要爆发一样。她挣扎着起身，茫然地环顾一下四周，她眼前看到的仿佛是一个完全陌生的男人，面部表情似哭非哭极为复杂。她冷不防用脚踢他的下体，痛得他一下松开双手，她对着他怒吼道："你把他送去哪儿了？"

外公完全没想到她会再次对他发起攻击，还没等他作答，他就从她愤怒的表情中读出了一种他从未见过的可怕的东西：他不说，她宁愿让他死！这锐利的目光犹如一道闪电，在照见其内心的同时也让他看到了自己。是啊！他忽然觉得自己真该死！非但没有保护好她，还使她蒙受了那么多的苦难，而今不仅伤害她的身心，还玷污她的名誉，孩子是她生下来的，谁能说孩子不是她与他所生？可他又想：哪个男人能接受自己的女人跟别的男人有孩子，更何况可能还是一个日本兵的种？他转念一想，孩子来到世上是无罪的。

　　或许是他的沉默激怒了外婆，只见她以迅雷不及掩耳之势跳下床，将头毫不犹豫地朝对面的墙壁撞去。

　　"咚！"墙响，人倒，血顺着她的额头淌下来。外公先是一愣，随即冲了过去，他抱着昏死过去的外婆，心犹如死了一般。

34

外婆醒来时，已是傍晚。屋里黑乎乎的，啥也看不见。处于混沌中的她仿佛觉得有什么东西在身边蠕动，她缓慢地转过头，发现身边躺着一个婴儿。她内心一阵激动，伸手朝襁褓里摸了一下，又用手摸了他的下身：是男孩。他长着圆圆的脑袋，微黄的头发犹如玉米须般紧贴在脑门上，粉嘟嘟的脸蛋上长着一双单眼皮的小眼睛，眼眉又细又长。让她吃惊的是，他的左脸颊鼻翼旁长着一颗豆大的黑痣，她的心"咯噔"一下：他的容貌怎么长得与之前所生的孩子不一样，然而，这念头只是一瞬间的工夫。看着孩子此刻正睁大的眼睛，她的心情立马变得舒坦起来。作为母亲，每个在其肚子里十个月才生下的孩子都是一样的，都是自己的骨肉。因此她根本不相信外公说的什么话。如果丈夫非要将孩子送给别人，那也是以后的事。眼下这孩子必须和之前所有被送走的孩子一样，享受与她待在一起的那段短暂而温馨的时光。

孩子被留了下来。但不知怎么外公死活不愿给其取名，于是外婆给他取名：无名。

无名从被外公重新捡回的那天起，就注定在这个家庭里的生活会有所不同。其实外婆并不清楚，无名不像之前所有的孩子那样被送给了人家，而是被外公丢弃在一片乱坟岗中。

那日清晨，外公趁外婆还在沉睡，就用一床破棉被将他包裹着抱去离家三里地外的乱坟岗。

凛冽的寒风吹得坟墓旁的荒草四处摇曳。外公站在乱坟岗中，内心非常纠结：一方面，他觉得这孩子很可怜，一生下来就被他扔在乱坟岗中；另一方面，他无法接受严酷的现实，即让可能是日本兵孽种的生命生存下去。一想到自己每天要面对那个强盗强加给他的这个孩子，外公的心就变得不再有丝毫犹豫，外公把他丢在坟墓旁后，转身就走了。奇怪的是，那孩子居然连哼都没哼一声，直到外公走出很远，坟地上除了风声，四处一片寂静。

十几个小时后，当我的外公为了安抚外婆而重新赶去那片乱坟岗找回他时，远远就听见从那里传来孩子的啼哭声，那声音虽沙哑却透着一股顽强的生命力，他不明白在寒风中冻了数小时的孩子怎么还活着，并且以一种不可阻挡的穿透力于空寂的旷野中回荡着他那稚嫩而响亮的声音。当他抱起孩子时，内心就像一只被打翻的五味瓶，甜酸苦辣什么味都有。外公凝视着他的脸，更加觉得这孩子不是他的，况且这孩子左脸颊上的黑痣更令他生疑，他家祖祖辈辈中好像都没有长着这种痣的人。这使他无论怎么看都不能从孩子身上找到一丝与自己相似的地方，但他又不能完全肯定这孩子不是自己的。

外公自从将婴儿抱回家后就很怕进外婆的房间。随着孩子一天天地长大，他觉得这孩子的长相与之前所生的孩子完全两样。比如他的皮肤黑中带黄，可孩子却特别白，他和她都是双眼皮，而孩子却是单眼皮；他的眼睛大而圆，而孩子的眼睛却特别小；他的脸上没有任何印记，而孩子左脸颊的鼻翼旁却长着一颗醒目的黑痣。更让他揪心的是，无名不像其他的孩子那样个个和他亲，而是一看到他就会哭或者把头转向别处去。

35

不久，外婆开始忙碌起茶馆的生意。她的到来，使得原本因她坐月子而变得冷清的茶馆又开始富有生气起来。

外婆通常把无名放在摇篮里，然后安置在靠窗的位子。木格窗外爬满绿油油的常春藤，靠窗户摆放着一张方桌，桌呈原木色，围着它摆放着三条长板凳。前来喝茶的顾客都喜欢占那桌。奇怪的是，无名不像其他孩子那样动不动就大哭大闹，他总是安静地躺在摇篮里，醒着时睁着眼仰望着高高的屋顶，睡着时安静得就像躺着的是一个布娃娃。外婆通常给他穿一件浅绿色的对襟棉袄，外面用深绿色的小包被裹着，当地人习惯称"蜡烛包"。给人们印象最深刻的是无名左脸颊鼻翼旁的那颗豆大的黑痣，只要他一笑，那黑痣就会一动一动的，惹得人们都想去抱他。

也有人看着他会流露出一种诧异的神情说："奇怪，他的父母左脸上都没黑痣，他怎会长出这么一颗引人注目的黑痣？"讲者无心听者有意，不听到也罢，每当外公听到这些话语，就会露出尴尬的神情。

外婆的茶馆越开名声越响。渐渐地，连驻扎在镇上的日本兵也三三两两地结伴来喝茶。自从那次扫荡之后，日本军队便占领了这个地方，他们对这儿的老百姓实行"连坐"政策，即一旦有人反抗皇军，窝藏新四军、共产党，就杀光这村子里所有的男女老少，其目的就是要老百姓与他们"共荣"，建立一个所谓的"王道乐土"。在这种高压下，这儿的老百姓过着极不安宁的生活。

一天，外婆提着水壶给顾客添水，忽然，门外走进两个日本兵，开始外婆也不在意，进进出出的人多了，对她来说早就见怪不怪了。没等他俩坐下，外公就赶忙前去招呼。

两个日本兵见靠近窗的桌子没人，就径直走过去，一屁股坐下。

外公一见就吆喝起来："靠墙桌两位。"他的吆喝声还没落，外婆就一只手拿着两只茶杯，一只手提着水壶，风一般走过去。搁杯、掀盖、倒茶，动作娴熟，举止不卑不亢，使初来乍到茶馆的日本兵看得入神。完了，外婆看都没看他俩一眼，就提着水壶，给旁桌续水去了。

然而，就在外婆忙着给邻桌的茶客添水之际，其中一个日本兵自从见到她，视线就再没从她身上移开。她的身影到哪，他的目光就跟到哪儿，像一只叮人的黄蜂在寻找机会下手。但这一切外婆根本不知情，对她来说，来者都是客。她打心里恨那些日本兵，但她知道惹不起却躲得起他们。每逢日本兵来茶馆喝茶，沏完茶，她就立马走开，她的镇定自如使前来喝茶的人对她心生敬意，这年头日本兵干的坏事真不少，能够这样镇定自如对付他们的人还真不多见，在他们看来外婆不仅胆大而且心细。

其实外婆见到日本兵也怕，但她更怕茶馆生意不好而养不活孩子，对她来说孩子始终是第一位的，只要孩子能活下去，作为母亲的她再大的风险也愿意承担。在她的内心深处其实对日本兵的恐惧不亚于任何人，之前她所经历的不堪回想的往事，摧毁了她的自尊,同时也摧毁了她在她丈夫心中的美丽与纯洁。她憎恨这些日本鬼子,恨不得杀了他们。

当外婆再次从他们面前走过时,一直盯着她看的那个日本兵突然冲她喊:"你,你的……"他的中国话说得很笨拙,但意思能听懂。

外婆以为是要她续水,想也没想拎着水壶走了过去。

"你,你的……"他的脸抽搐得厉害,头随着她的身子而转动,似乎想要说些什么。

外婆神情漠然地瞅了他一眼。岂知这一瞅让她的心脏几乎停止了跳动,一张曾经消失的脸又重新从记忆中显现出来。

那日本兵左脸颊鼻翼旁的一颗黑痣倏然闪动了几下,他眼睛里透出一丝无法理解的目光。

外婆一怔,是他,原来是他!纵然他扒了皮烧成灰她也认得他,他不就是那年在船上强暴她的日本兵吗?!真是冤家路窄,居然在这儿遇见他。没等她叫出声,躺在摇篮里的无名不知怎么"哇"地哭出声来。他的哭声使外婆吓了一跳。

她迅速将水壶搁在桌上,转身朝摇篮快步走去。她的手扶着摇篮不停地晃动,无名此时却一反常态地哭个不停,无论她晃他还是将他抱在怀里哄他,他仍一个劲地啼哭不止。

坐在桌旁的另一个日本兵有点不耐烦,怒气冲冲地走到外婆身旁大声呵斥道:"你的,带他出去,不然死啦死啦的!"一边说一边将手放在自己脖子上做出一个杀头的手势。

外婆听了,也不答话,只是抱着无名在窗边来回踱步,嘴里不停地"哼哼呀呀"哄着孩子。

那日本兵见外婆毫无反应就更加生气,他走过去试图从她手里夺过无名,外婆赶紧用胳膊肘一挡,摆出一副绝不容许他碰的架势。

这可惹恼了那日本兵，他气势汹汹地试图再次动手将孩子夺过去。就在他俩剑拔弩张之际，站在不远处看着他俩争执的那个日本兵突然走过来，对着同伴"叽里咕噜"地说了一通，那日本兵情绪倾刻松懈下来，一声不吭地回到靠窗的那张茶桌坐下。

外婆趁机抱着无名走开。可孩子就像中了魔似的在她怀里"哇啦哇啦"哭个不停。或许是无名的哭声使老盯着外婆看的那个日本兵觉得有什么特别之处，抑或是无名的哭声中蕴含着唯有他才能感觉到的某种因素，他用手示意外婆让他抱一抱孩子。这使外婆大为吃惊，她不知道日本兵对孩子打的是什么主意，于是她头一低，慌忙夺路往门外逃。外婆以为这样就会避开他，岂知他仍穷追不舍，死活缠着她要抱无名，经过一番你推我搡后，外婆无奈只好松开手，她十分惊恐地紧盯着被他抱过去的无名，内心非常焦急。

说来也怪，刚才还"哇哇"啼哭的无名一到他怀里就立刻停止了哭闹。当那日本兵对着无名左右打量时，孩子竟然对他露出了笑容，那微笑很自然，就像久别的孩子见到父亲一样，连站在一旁的外婆也禁不住从心底里暗暗吃惊。她凝望着无名，内心异常惶恐，这种恐惧夹带着对日本鬼子的仇恨，她不知道此刻该怎么做才好。她颤抖着伸出双手尝试着从他怀里抱回孩子，可是他对她的举动根本不予理睬，依旧笑眯眯地打量着无名，当他看到无名微笑的左脸以及脸颊上闪动着的那颗黑痣时，顿时流露出一种惊愕的神情，他忽然感到自己与这孩子好像有一种莫名的联系。

就在抱着无名的那个日本兵与外婆站在茶馆门口纠缠之际，此刻正在灶膛前烧火的外公偷偷地把这一切都看在眼里，作为丈夫他很难接受这种场面，甚至不止一次地想冲过去夺过

147

孩子。然而他的冲动被怯弱和恐惧抑制住了。说实话，从那两个日本兵进茶馆的一刹那，外公就觉得似乎哪儿有点不对劲。其实自开了这茶馆后，镇上的日本鬼子也经常来茶馆，他对鬼子很反感，与他们有深仇大恨。

当外公看到进来的其中一个日本兵，自看到外婆后其眼睛就似乎再没离开过她，他的心里就直犯嘀咕，他不明白其为什么总是两眼贼溜溜地盯着她。更让他接受不了的是，那日本兵竟然从她手里抢走了无名。望着无名在鬼子的手上晃动，外公的心犹如一只水桶七上八下，内心的焦虑使他几次站起身想冲过去将孩子从鬼子手里抢过来，然而内心的恐惧却又阻止了他的冲动，他只能远远地望着而不敢动手。他怕自己的冲动，不仅会伤害到孩子，也会伤害到妻子，此时此刻只能看那鬼子下一步究竟想干什么。

那日本兵似乎从外婆的举动中看出她认出了他，但又不十分肯定。的确，外婆是认出了他，岂止是认出，她还十分清晰地记得他这个畜生。

外婆不知该如何去面对这个曾经强暴过她的人。她以为那次事情过后就再也不会见到他，岂料事情过去一年多后竟然会在这儿遇见他。

在外婆的心里，她很想丈夫此刻能站出来，哪怕是提壶水劝那日本鬼子放下无名也好。但她心里也有些担心，如果他的话语或行为令日本鬼子不满，岂不更糟？想到这里，外婆变得异常果断，她用不容置疑的口气对那日本鬼子说："把孩子给我！"

她的声音很轻，但语气却非常坚定，起先日本鬼子并没有听见她的声音，仍一个劲儿地逗着孩子玩。外婆急了，又重复一遍话语，他这才如梦初醒，将无名交还于她。

36

　从那以后，那左脸颊长有一颗黑痣的日本兵隔三差五地到茶馆来。只要靠墙的桌子空着，他就会坐在那里一边喝茶一边逗无名玩。有时这位子已经坐人，他会让茶客另换位子。时间一长，这张桌子就几乎成了那日本兵的"专座"。

　起初外婆很警惕，一见到他来茶馆，她就赶忙跑过去将无名抱在怀里借机走开。慢慢地，她发现他只是逗无名玩耍，也就渐渐放松警惕。

　有一天，那日本兵带来一只黄色摇铃在孩子眼前开心地晃来晃去，逗得无名手舞足蹈，左脸颊上那颗痣不停地闪动。那日本兵凝视着他，脸上露出少有的笑容。还有一次，他一来茶馆就坐在外婆家的板凳上逗着无名玩，并从口袋里掏出一颗糖递给无名，无名一见，兴奋得伸手就去抓，连同糖纸一起想塞进嘴里去，那日本兵见了，立即从他手里夺回糖，剥掉糖纸后再喂到他嘴里，不一会儿，无名的嘴巴里就发出"吧嗒吧嗒"欢愉的吮吸声，而此时日本兵脸上竟流露出少有的温情凝望着无名，接着还张嘴大笑起来。

　日本兵给无名吃糖时，外婆与外公两人的心是悬着的，他们对其怀有万分的戒心。外公甚至准备从灶前站起来冲过去，但随即就被外婆的目光制止了，她用眼神告诉外公不要冲动，此时任何一种鲁莽的举动都会酿成大祸，或许那日本兵给无名吃的真的是糖。外公心领神会，便强忍着心头的冲动缓缓坐下。使他俩意想不到的是，无名竟然伸开双臂要那日本兵抱他。等他一走，夫妻俩便不约而同地冲到无名面前，一个将他的下巴抬起，仔细检查嘴巴里的东西，另一个准备往他嘴里灌水，他俩观察了好一会，发现无名与往常一样活泼好动，两人悬着的心这才放了下来。

那日本兵经常到茶馆来，对此，不仅来茶馆喝茶的人窃窃私语，就连街坊邻居也议论纷纷。那日本兵听不太懂中国话，但从人们的脸部表情中他仿佛感到有些异样，但他依然我行我素，丝毫不理会众人的议论。

有一天，他竟让外婆抱着无名站到茶馆外的柳树下，那树长得很茂盛，长长的柳枝向下垂，粗大的枝杈上挂着一面红底黑字的旗帜，上面写着"邢氏茶馆"。风一吹"呼啦啦"响。起初外婆不明白他的用意，惶惑地看着他，他比画着并打着手势，半晌，她才明白原来他是想给她和无名照相。外公以为她会断然拒绝，但外婆不仅点头同意，还进里屋，特地换上几天前他给她买的一件蓝布斜襟衣裳，随后抱着无名站在柳树下，歪着脑袋神情坦然地照了张相。

那日本兵给外婆照相时，好多人都围着瞧，这让外公觉得很丢脸，他不明白外婆为什么这样，竟然不顾众人的目光与非议，厚颜无耻地让日本鬼子给她和无名照相。望着那日本兵兴趣盎然的模样，外公的肺都快气炸了。可他却不敢作声，他心里很清楚，如对此稍有不满，就会招惹那日本兵不高兴，弄不好会招来杀身之祸。

外公几乎每天都生活在一种极度压抑的状态中。他心里隐约觉得，那个常来茶馆的日本兵就是那天他在船上撞见的那个人。他还想起那鬼子之前经常上他家里来，并且与他的孩子一起玩，然而他很怕他，根本没有正眼看过他，所以压根没看清楚他的脸。如果无名是那个鬼子对她实施暴行后留下的"杂种"，而他却要吞下这罪孽之果，这将是他无法承受的痛苦与耻辱。许多次他都想一走了之，离开她和孩子，逃到一个不为人知的地方去。然而当他面对处于思维混沌中的妻子时，又只好无奈地放下这个不切实际的念头。但由此产生的对她的不满与日俱增，使他对外婆和无名产生了一种无以名状的怨恨。这种怨恨导致他对无名做出了一个不同寻常的举动。

那天，外婆跟往常一样天刚蒙蒙亮就去了茶馆。临走，她叮嘱外公带孩子去茶馆。每天早上，总是由她先去茶馆生火、烧水、打理杂务，迎接第一位顾客的到来。太阳升起时，外公才会带着孩子们一起上茶馆，夫妻俩一边接待茶客一边照料孩子们，孩子们也会帮衬着做些力所能及的家务。

太阳升起丈高，茶客们几乎都到了。外婆和往常一样偷闲时站在门口眺望着前方的路，她估摸着再过一会外公和孩子们就会到了。但是，快到晌午还不见他们的身影，她开始有些不安，眼皮也跳得厉害。她想起这儿的风俗习惯，就指着自己的眼睛让一位茶客猜，那位茶客胡乱猜测说是她的左眼皮跳，她感到一阵心慌。原来这里的风俗是不管哪只眼皮跳，只要猜错就预示有不吉利的事情发生。但外婆还是怀着侥幸的心理安慰自己，不会有什么意外事情发生，丈夫和孩子们或许只是临时有事晚些到罢了。就在她胡思乱想之际，前方走来了外公和孩子们，外婆高兴极了，转身就往锅台前奔去。她手忙脚乱地从锅里盛出一碗碗米饭摆在锅台上，一时间满屋子弥漫着诱人的饭菜香味。还没等她招呼，孩子们就蜂拥而上，有的抱她腿，有的搂她腰，还有的拉她手直唤妈妈，只有外公却像做错什么事似的神情黯然地走到锅台前，提起水壶一言不发地续水去了。

他的神情有点奇怪，外婆疑惑地问他："无名呢？"

外公像没听见似的，只顾自添水。

"嘞嘞嘞"，外婆直奔他面前，一把夺过茶壶，重复着刚才的话。

他不敢正视她，他的神情加剧了她的怀疑，突然她仿佛意识到什么似的，情绪激动地说："又把他送走了？"

他低头不语。

"天哪！"外婆一声喊叫，水壶"哐当"一声掉在地上，滚烫的水洒了一地，把在场的人吓了一跳。当人们得知外公瞒着外婆把无名送走后，都唉声叹气地摇着头。

就在外婆哭天喊地之时，那个日本兵来到店里。他不知道这对夫妇之间发生了什么，只是觉得气氛有点不对劲，平日里看起来颇为安静的女人此刻变得烦躁不已，还歇斯底里地大声吵闹。当他了解到男主人没经其妻子的同意将无名送人后，脸色立马变得很难看。他从裤袋里掏出一样东西，递到外婆面前。外婆一看，顿时傻了眼。这不就是她和无名吗？照片二寸光景，上面的她一脸淡定，无名却好奇地看着前方。长这么大，外婆还没拍过照，望着照片，她停止了哭泣。

她一把夺过照片，看了好一会，接着又将它紧贴在胸前，泪水顺着她的脸颊流下来。在场的人屏住呼吸等待一场狂风暴雨的到来。岂知，外婆却一句话也没说，亲吻了一下照片上的无名后，悄无声息地晕倒在地。

那日本兵一见，先是一愣，随即蹲下身不停地呼唤着，这是个谁也听不懂的名字，听起来像是个日本女人的小名。外公听了心里不是滋味，但也不好说什么，他一下冲过去蹲在她身边急切地喊着："孩子他娘，你醒醒！快醒醒！"

那日本兵转过头，铁青着脸问："你的，将无名送去了哪里？"

外公心想，这是我的家事，关你屁事！但是他心里却慌得很，结结巴巴地说："送，送了人。"

"什么？"日本兵显然听不懂外公讲的话，用焦虑的目光打量着外公，并一把揪住外公的衣领，命令道："你的开路！"

外公看着他杀气腾腾的模样，心里直发毛，他知道倘若不按照他的要求去做，后果是无法预料的。他寻思着那日本兵为什么一见到无名就像变了个人似的，也不明白送走无名与他有什么关系。

当日本兵看到无名左脸颊上的那颗痣和那对小眼睛时，就隐约感到无名就是他们家族的种，这两种特征不仅他和他的父亲有，就连其爷爷甚至爷爷的爷爷都有，这是一种由遗传基因形成的家族特征，世代相传，而且只传男不传女，传到他这里已不知多少代了。小时候，他的父亲经常对他讲，就算你有一天走丢了，我也能找到你，因为这左脸颊鼻翼旁的那颗痣和那对不同于常人的小眼睛，会让你在芸芸众生中成为利波家族的标志，虽然当时他年龄尚小，还不太理解个中道理，但这种世代相传的家族特征就像烙印一般镌刻在他的脑子里，溶化在他的血液中。

真所谓不是冤家不聚头，就在他早已忘却这件事情时，他竟然在茶馆意外地遇见了她，与此同时，也在不经意间发现了无名。他忽然变得有点不可思议，只要一天不见到无名，他的心里就会感到空落落的，总觉得不踏实。中国人的孩子他见过不知有多少，很多孩子还成了他枪下的屈死鬼，使他感到诧异的是，不论是从长相还是从左脸颊的那颗黑痣或那双小眼睛来看，无名都似乎在向他暗示：他是他的孩子。他不知道这个疯女人是否清楚无名是她与他所生，在他看来，她似乎并不清楚无名是她与他所生。此刻，他的内心充满了矛盾，倘若无名真是他与这个疯女人所生的孩子，那么他就是这个孩子的亲生父亲，而她就是无名的亲生母亲。从血源上来讲，无名理应是他日本利波家族的后代；而从她的角度来讲，无名是中国人的后代。他是一个侵略者，而她是被侵占国的妇女，这种水火不相容的关系，注定是他要征服她，而她却反抗他。他来到中国就是为了侵占这个国家并杀死像她这样的女人，只是他始终没搞明白当初为什么没有将她杀死。

那日本兵押着外公去了那户领养无名的人家。一小时后，外公将无名带回了家。

次日中午，无名却又在茶馆里突然失踪了。那时外婆正在河边洗衣服，当她回到茶馆时却发现无名又不见了，她询问外公无名去了哪里？但不管外婆怎么问，外公始终一言不发。外婆急了，她在茶馆周围到处寻找，甚至还请人在屋后的小河里帮着打捞，但无名始终没有找到。

从那以后，那日本兵连同无名再也没出现在外婆的视线里。

37

　　此后的日子，外公感到外婆性情大变，她对他明显表示出了蔑视的态度，她不仅不听从他的话，还经常动不动就对他发脾气，好像她的不幸都是他造成的。晚上，她也不愿意跟他同睡一床，外公有时想去碰她，她不是用嘴咬就是搡他走，渐渐地，外公因她这种冷若冰霜的态度变得很不耐烦甚至对他产生了厌恶的情绪。没过多久，他竟然擅自弃她和孩子而去。

　　那是四月的一天，油菜花在田野里散发着诱人的清香。外婆在茶馆像往常一样等待着外公和孩子们的出现，但她等到的只是满脸惆怅的孩子们。他们争相告诉她，父亲已经离开家上了船。外婆听到这一消息时，提着茶壶的手哆嗦了一下，眼前顿时一片漆黑，她从没想过丈夫会突然离开她，尽管这些年在他俩身上发生过很多难以启齿和痛苦万分的事情，但她始终以为，他俩只有到死才会分离，不曾想到他竟然与她不辞而别，她了解他的性格，他这一去就不会再回头。

　　外公走后，外婆带着孩子们在茶馆里张罗。让她感到清静的是，曾经强奸过她并对无名感兴趣的那个日本兵从此再没露过面。那天，她看到丈夫将无名抱回来，心里就特别高兴，脸上露出了灿烂的笑容。然而，使她疑惑的是，就在次日她去河边洗衣裳回来后，就再也没了无名的踪影。再加上外公对她的询问都一概置之不理，使她更加伤心。两人因为结怨太深原本就无法修补的情感，因为此事又平添伤痕。

之后，每当夜深人静，外婆就会从上衣贴身口袋里掏出那张照片痴痴地看，她不知道此时此刻无名究竟在哪里。是被丈夫送了人，还是发生了什么意外？一想到也有可能是被那日本兵带走了，或是他已不在人世，她就会偷偷地抹眼泪。她以为丈夫离开后，自己会忘记他，但随着时间的推移，她又惦念起他来，似乎变得越来越念着他的好。

让她宽慰的是，外公在半年后的一天回了家。

那天清晨，她听见茶馆门边的柳树上喜鹊"喳喳"地叫个不停。她提着水壶站在柳树底下，仰望着在树上跳跃的喜鹊心里直犯嘀咕，会不会有喜事临门？正想着，忽然有人喊："你们快看，好像是老板娘的丈夫回来了！"她一怔，转头就往路上眺望，果然远远就看见她日思夜想的丈夫肩上挑着一副箩筐，笑逐颜开地朝她快步走来。

孩子们一见，犹如小鸟似的飞跑到他身旁，"叽叽喳喳"地吵个不停。他看到她时冲她一笑，一切尽在不言中，寻常百姓夫妻间的情感表达方式似乎都这样。等顾客走后，关上店门，他们围坐在茶桌旁聊起家常。外公给外婆买了一块她喜欢的蓝印花布头巾，还给孩子们带来了他们各自喜欢的礼物，这使她的脸上露出了这些时日来少有的笑容。

外公好像变了个人，对外婆又说又笑，对孩子们也是一样，充满体贴和温存。大儿子见父亲回家，还特地领着弟弟妹妹们兴冲冲地去河边钓了半天鱼，鱼虽然没钓到几条，但这也是孩子们的一番心意。外婆把鱼杀了，将菜油倒入锅内，等油冒起烟雾，放上几片姜，再把鱼放进去，待鱼的两边煎得有点黄，加水煮熟后，再放入些葱，用碗盛起。

外婆还特地炒了一盘西红柿炒蛋、一盘炒青菜，一家人围着桌子吃了顿团圆饭。家中很久没有像现在这样洋溢着喜悦的气氛，人人有说有笑，弥漫着一份浓浓的亲情，这久违了的欢乐使外婆仿佛重新回到遥远的过去……

俗话说，久别胜新婚。当晚外公睡在她的床上，他对她充满了爱意，她也没有拒绝他，随着他不停地喘着粗气，她在他身底下发出许久未有的呻吟，这种呻吟让外公想起他俩在船上初次欢爱时的情景，而她被痛苦折磨得麻木的心仿佛随着不能言说的愉悦在渐渐复苏，焕发出生机，几经风雨的她此刻就像凤凰涅槃后的重生。她不清楚他在与她分离的半年之中遇到过什么，她似乎感到他对她与先前不一样了，但她感到他还是非常爱她的。

外婆一如既往每天去茶馆接待顾客，而外公则懒懒地睡到太阳爬得老高。起床后，他也不着急去店里帮忙，只是到镇上的店铺里瞎逛。

一天，外婆照例在茶馆忙碌着，大儿子领着弟弟妹妹哭叫着："妈妈，妈妈。"他们站在她面前满脸委屈地说："妈妈，爸爸又离开我们走了！"

外婆一听，脸顿时变得煞白。这次回家，他们夫妻俩相处得好好的，他怎么突然又不辞而别。望着孩子们满是泪水的脸，她伸出手挨个摸了摸他们的头，安抚着说："没关系，他会回来的！"

岂知大儿子听后哭得更加伤心，说："你不知道？爸爸再也不会回来了，他已经把咱家的房子卖了。买家正在咱家搬东西呢！"

外婆的脑子里"嗡"的一阵响，人像要倒下来一般。茶馆里的空气顿时好像凝固了，在场的人都屏住呼吸凝望着她。半晌，外婆才仿佛想起什么似的，一下扔掉提在手里的茶壶，摇晃着走出茶馆。她要回家，回她自己的家，看看到底发生了什么？

外婆一路恍惚地奔跑着。当她站在自家祖屋前时，感到一阵心酸和悲愤，这幢祖上传给她的老宅承载了其家族数代人的奋斗历程，她在这里度过了快乐的童年和少女时代，也见证了父母被侵略者杀害的深仇大恨。眼前的一切是多么熟悉，多么亲切，多么刻骨铭心。此刻却有几个陌生人从老屋里走出走进，每个人的脸上都洋溢着兴奋的神情，与她悲愤的心情相比，完全映衬出两种截然不同的感受。

半晌，外婆才仿佛想起什么似的冲进屋里。她不顾一切地朝楼上跑去，任凭那几个陌生人在后面对她大声质问，她都置之不理，她不停地在父母房间里转悠，又跑到自己房间在抽屉里胡乱翻东西，当看到那张与无名合影的相片时，她才一屁股坐在地板上号啕大哭起来。她哭外公怎么会干出对她和孩子们那么绝情的事情，卖掉他们全家赖以遮风避雨的老宅，这等于断送了她和孩子们的栖身之所；她哭他为什么这般狠心抛妻弃子，完全不顾夫妻多年的情分，把她家祖传老宅卖了，把她和孩子们弃而不顾。她真不知道自己和孩子们该如何面对将来的生活。外婆的哭声惊动了正入迁她家的主人，主人是个好心肠的人，得知她的遭遇后也深表同情。但房屋已出售，外婆想要也要不回来，失魂落魄的她只好迈着沉重的步子走出家门。

38

外婆和孩子们搬到了茶馆住，茶馆成了她和孩子们的家。她白天接待前来喝茶的顾客，晚上一家人打地铺睡。外公的离去使她变得异常消沉，整天无精打采，干什么事都不上心，好几次她将壶里滚烫的水洒到顾客手上，烫得茶客"哇啦哇啦"直叫唤。这沉重的打击将她心底最后一线希望彻底打垮。

那些驻扎在镇上的日本兵知道外公离去的消息后，隔三岔五地到茶馆，他们对外婆动手动脚行不轨之举，要不是那些茶客为她说好话挡着，她恐怕又会遭遇什么不测。尤其一到晚上，外婆就害怕得要命，她怕自己再一次惨遭日本鬼子的毒手，因此整天提心吊胆的。

没过多久，外婆就病倒了，整天整夜地说着胡话，只要一眨眼就会叫着外公的名字怒骂。孩子们开始还忍着，时间一长都怕她。她眼眶深陷，眼圈发黑，脸色异常苍白。不久，茶馆就关了门，如此一来，全家人的生活没了来源，孩子们饿得嗷嗷直叫。此时的外婆进入了一种幻觉状态，混混沌沌的，自顾不暇，又怎能顾上孩子们呢？

有一天，她领着大女儿海花上了街。出门之前，她在孩子后衣领的脖子里插了根芦苇，大凡经历过那个年代的人都知晓这是将孩子送人或出售的标记。她是因为外公的离家出走，受生活所迫不得已才把孩子送人的，不这样做孩子就活不下去，这对于她来说完全违背了一个做母亲的准则，因此她内心也是极其不情愿的。

海花深知外婆实在是养不活他们才打算把她送人的。之前她曾亲眼目睹自己的诸多弟妹被父亲一个个送走，他们被送出去时母亲总是哭天喊地与父亲吵，那些撕心裂肺的场面多年来时常犹如电影般一幕幕在她眼前浮现，自己如今所处的竟是自己的母亲把她送人或卖掉的境地。她似乎觉得她还是幸运的，至少她在父母身边待的时间长，因而受父母的宠爱也就多些，屈指算来也过了十五个年头。这些年她早已历经人生的磨难，因此她站在街上被过往的路人指指点点议论时，也没感到有什么难为情，甚至觉得倘若能够被人领走那是件好事，这样的话她的母亲就不会为养不活哥哥、妹妹和弟弟而犯愁。唯一使她心酸的是，出门时哥哥、妹妹和弟弟似乎都明白她这一走，彼此就不会再有见面的机会，因此都抱着她哭成泪人似的，哀求母亲不要将她送走，想到这里她的眼泪就止不住流下来。

外婆木然望着一个个行人从她俩面前经过。海花心想，以往母亲碰到孩子被送走，都是寻死觅活的，此刻她的内心也一定很痛苦。

等待了老半天，快近晌午时分，有位商人模样的中年男子走到她面前，他的着装很体面，头上戴一顶灰色礼帽，身上穿一件藏青色长衫，上下打量海花一番后，转头问外婆："你是卖还是送人？"

外婆像没听见似的，一声不吭。就在这时，女孩自己开了腔，说："卖的！"

外婆一听，摇了摇头。

中年男子又问："究竟是卖还是送人？"

外婆又摇头。

海花却接过话："卖的！"

中年男子看看外婆，仿佛从她恍惚的神态中明白了什么，随即从口袋里掏出几枚银圆，放在女孩的手掌心里说："给她，你跟我走！"

女孩一听，"扑通"一声跪在外婆跟前，磕了几个响头，随后将银圆塞进她手中，一句话没说，跟那人走了。

外婆先是怔怔地看着手心里的银圆，随后抬头望着女儿渐渐远去的背影，突然像明白过来什么似的紧攥住那几枚银圆号啕大哭起来。

外婆病了，变得越加神情恍惚，加上付不起房租就被房东驱赶了出来。在一个风雪交加的凌晨，外婆带着仨孩子离开了最后一处栖息之地，开始了沿街乞讨、四处流浪的生活。

这是一种常人无法想象的生活，三个孩子牵着一个精神失常的女人，在战火弥漫的杭嘉湖一带乞讨。他们无数次被富裕人家故意放出的狼狗撕咬、驱赶，被路人痴笑、辱骂，挣扎在死亡线上。在经历两个年头的乞讨生活后，外婆的大儿子海洋在途经周王庙时，被好心的农民夫妇收留，原来这对夫妇有一女儿，与海洋同龄，年方十七。他们看到海洋后，便要他入赘做上门女婿。外婆听后，觉得这主意还不错，儿子既可以成家也可以有口饭吃，这样一来，他也就有了安身之处。那对夫妇对外婆说，他们一定会善待海洋。望着这对充满善意的农民夫妇，外婆点了点头。当天海洋便留在了这户人家。

大儿子有了个好归宿，这让做母亲的心情好了些。她带着女儿即我的母亲宝花和小儿子海果继续沿街乞讨。有一天，她们路过一个名叫三环洞的地方，遇到一家没生育孩子的夫妇。

这对夫妇结婚已近十年却一直没能怀上孩子，他们一看到海果就喜欢得不得了，有意领养他。外婆虽然心里舍不得，但想想自己根本无法养活他，于是便决定将他送给这对夫妇，好让海果能过上正常人的生活。送走他时，外婆凝视着海果，心如刀绞，对她来说海果是她身边唯一的儿子，尽管他才五岁，但他似乎能感觉到从此要离开自己的母亲，大哭大喊着："妈妈！姐姐！……"惹得我的外婆和母亲宝花禁不住泪如雨下。

我的外婆在完全疯癫的状态下将身边的孩子一个个地送了人。此后她又将我的母亲宝花送给一户人家做干女儿，做母亲的不曾想到，她把其最宠爱的女儿送进了虎口，这是一座人间地狱，而她的女儿从此坠入了苦不堪言的火坑之中。

39

　　我的母亲被送去的是一户汉奸人家，男的叫徐祥，其妻好吃懒做，喜好赌博。夫妇俩自日本军队在金山卫一带登陆后，就背叛自己的国家，干起了出卖同胞的罪恶勾当。徐祥不仅当了维持会会长，还明目张胆地跟着日本鬼子搜捕共产党人和抗日民主志士。他性情暴烈，喜怒无常，无恶不作。他的妻子与其相比有过之而无不及，常常仗着其丈夫的势力，以各种莫须有的罪名对当地的百姓进行敲诈勒索，方圆几十里的百姓对这对夫妇的恶行敢怒而不敢言，常常受了欺诈也只好忍气吞声。有一次，徐祥协助日本鬼子抓捕了几名地下中共党员，当着众乡亲的面把他们杀了，并将头颅悬挂在城门上示众，威胁民众说如果不与皇军合作，建立"大东亚共荣圈"，就统统杀头。然而，对他的所作所为，乞讨路过三环洞的外婆和母亲是毫不知情的。

　　那天，母女俩走到他家门口时已极度饥饿与疲惫，看到一幢粉墙黛瓦的深宅大院旁有一回廊，我的母亲便搀扶着外婆走了进去。母女俩靠着柱子依偎坐下。望着早已精疲力竭、上气不接下气的母亲，做女儿的鼓足勇气朝那扇紧闭着的黑漆大门走去。

"咚咚咚"，急促的敲门声惊动了正躺在堂屋床榻上美滋滋抽着大烟的徐祥。他竖起耳朵听了一会，发现有人在敲他家的门，就对与之迎面躺在床榻上抽着大烟的老婆说："你去看看谁在敲门。"

他老婆一听，搁下手中的烟枪，懒洋洋地从床榻上起来，显得一副很不情愿的样子，穿着绣花鞋，扭着丰满的屁股，穿过天井"啪嗒啪嗒"地朝大门走去。

落闩，开门，她怎么也没想到站在眼前的竟是两个女乞丐，她们破衣烂衫，满脸污秽。看见母女俩这般模样，她发起火来，没好气地说："你们干什么？找死呀！"

女孩一听，吓得不知说啥好。

"滚！"她边说边准备将门关上。

女孩这才清醒过来，央求道："我妈病了，恳请你老人家赏口水喝。"说话时眼睛里充满无助的泪水，让人看了怜惜。

果然对方不再说什么，只见她翻了一下白眼说："看在你对你妈的一片孝心上，我给你一碗水。"说罢，还拖了句，"进来吧！"转身往屋里走去。

女孩随她穿过天井，到了位于东侧的厨房，进屋后，那女人随手指了指天井说："屋檐下有只碗，你去拿来。"

女孩听到后，过去一看，原来是主人用来喂狗的破碗，里面还残留着脏兮兮的狗食。她一阵心酸，可又有什么法子，母亲还等着喝水呢。她拿着碗回到厨房，用葫芦瓢舀了瓢水倒进碗里，端着碗走出厨房。

当我的母亲端着水小心翼翼地走过堂屋时，被躺在床榻上抽大烟的徐祥透过那扇开着的蝴蝶形门无意间看到了。当她拿着母亲喝完水的那只破碗再次经过堂屋时，她的命运出现了令她始料未及的根本性变化。

徐祥的老婆突然笑眯眯地将她叫进了堂屋。徐祥一边抽着大烟，一边询问她家的情况。当得知其家中只剩下她们母女两人时，脸上出现了一种令她非常疑惑的笑容，他们将她的母亲叫进了堂屋，在对我外婆进行一番询问之后，夫妇俩决定收留她们。

　　徐祥的老婆对外婆说："我们夫妇俩很喜欢你女儿，想认她做干女儿，因为我俩结婚多年却没生孩子，所以当看见你女儿时就好像看见了自己的孩子。"还说，"你女儿长得很漂亮，也很聪明，以后家里的事可以由她打理。"总之让我的外婆一百个放心，他们会像对待自己亲生的孩子一样对待她，给她买新衣服，还让她上学堂去读书。至于外婆，徐祥说可以安排她去镇上的一家茶馆打工，管她吃住是完全没问题的。

　　外婆听着恍如在梦中一般，没想到仅一碗水的工夫，她与女儿的命运就发生了翻天覆地的变化。原本跟着她乞讨的女儿从此成了这户富裕人家的干女儿，而她又可以干自己的老本行，虽说只是给人家做帮工，但好歹也有个遮风避雨的地方了。想到能脱离这种四处乞讨且漂泊不定的日子，想到还能经常看到女儿并且让女儿过上好日子，她点头答应了。

40

外婆被介绍到镇上一家茶馆干活。茶馆不算远，离徐祥家有二里多地。店主让她打杂，干给顾客倒水等活儿。外婆的病情还是很严重，只是她平日里沉默寡言惯了，从外表上看，不熟悉她的人是很难看出她患病的。

在茶馆时，外婆穿一件淡灰色的斜襟布衫，头发朝后盘起，脸上透着一丝淡淡的忧愁。这衣服是徐祥的老婆送给她的，尽管穿在她的身上有些宽大，但比起她原先的一身脏兮兮的衣裳来说，算是很体面了。外婆看到茶客时，也只是淡淡地一点头，即便是与雇用她的东家相处，也是如此。时间一长，前来喝茶的人给她取名"冰美人"。"冰美人"不善言辞，对人却很友善，做起事来轻手轻脚，东家也很喜欢她。有时大家想跟她聊聊家常，但她总是沉默不语。徐祥来茶馆喝茶时，往往对她说些不三不四的话。开始外婆对此不以为然，认为他只是说笑而已，再说店里人多他也不敢拿她怎么样。可过没多久，他竟然隔三差五地过来，对她嘻皮笑脸的没个正经，外婆隐约感到他对她有一种潜在的威胁。有一次，他居然厚着脸皮摸她的脸，这让她无法忍受，生气地将他推得差点跌倒，他当场虎着脸，威胁说要给她脸色看，好在众人帮腔打圆场，这事才算过去。

傍晚，徐祥一回到家就把干女儿臭骂了一顿。一会儿骂其母亲是个不知好歹的疯子，一会儿又骂她做事拎不清，骂到激动之处还气急败坏地将碗摔在地上。徐祥老婆只顾自己吃饭，也不接他的茬儿，只是冷冷地听着。她吃饭后就要出去打牌，事先与人约好了的，怕误时间。过了一阵子，兴许他觉得没人接茬儿，再骂下去也没意思，就打住了，但回头看了看正战战兢兢站在桌旁伺候着给他盛饭的干女儿。

这一看，使他愣了好半晌。他突然发现干女儿出落得清秀美丽，简直就像一朵超凡脱俗、含苞待放的百合，稚嫩的脸上透着一种胆怯，他的心"怦怦"乱跳，一丝杂念涌上心头。

收拾碗筷时，我的母亲心里还在纳闷，方才还怒火万丈的干爹怎么一下变得不吭声了，她只觉得那双贼溜溜的眼睛里闪现出一丝别样的目光，尽管此时正逢酷暑，她依然感到背上透过一阵凉意。

"你不要睡觉，等我回来给我开门。"干妈出门前拎着提包叮咛我母亲。其实就算她不说，做干女儿的也明白，每天晚上干妈都会出去与镇上的小姐、太太们打牌或搓麻将。三百六十五天日日如此，几个月下来她很清楚干妈的作息时间，只要她出门，她忙完家务后就会搬只板凳坐在院子里守候。

在宝花眼里干爹是个大忙人，从早到晚穿着一袭黑衣，腰间挎着把驳壳枪，跟着日本人串街走巷到处抓共产党。起初，她并不知道干爹是做什么的？直到有一天她亲眼看见日本兵进了干爹家，嘀嘀咕咕商量着如何抓捕共产党和抗日分子，她这才清楚自己进的是什么地方。她曾亲眼目睹被日本兵杀害的外公、外婆的尸体，因此对他们怀有一种刻骨的仇恨，她恨那些对她的外公、外婆实施暴行的日本兵，同时也害怕他们对她和母亲下毒手。当她看到干爹与日本兵勾结在一起时，愤怒与仇恨一起涌上心头。尽管她知道干爹不是个好人，但心想他毕竟是她干爹，做干爹的就算再混总不至于把干女儿怎么样吧。然而，她实在太幼稚也太天真了，根本无法得知危险正悄悄向她逼近。

待干妈出门后，她一如既往地收拾起桌上的碗筷，然后去厨房洗碗、扫地，忙碌着家务活。忽然，一个黑影飘了进来。她定睛一看，是干爹。

他平日里很少进厨房，往常此时如果没事，他就会陪干妈去打牌。

"忙完了吗？"他问道，脸上掠过一丝不怀好意的狞笑。

"还没呢。"她看了他一眼，低头只顾洗刷手里的碗。

"你先歇歇吧！"他一边说一边朝她凑过来，他的脸几乎要碰到她的鼻子。她是个机灵人，马上感到有危险向她逼近，她本能地将头朝旁边扭。

"来，你过来，让干爹看看。"他一边说一边抓住她正在洗碗的胳膊。

她被他的举动吓坏了，手抓着抹布往旁边躲。

他从身后一把搂住她的腰。

她害怕极了，胡乱地挥动滴着水的抹布，惊恐万分地哀求道："放开我，快放开我！"

岂知她的苦苦哀求非但没让他产生怜悯，反倒好像激起他深藏已久的兽欲似的，他一把将她抱住，朝灶膛前的板凳上拖去。

板凳不高，二尺半长。她还只是个没长成人的孩子，怎么受得了一个成年男人的凌辱。她禁不住"呜哩呜哩"哭起来，她向他哀求，甚至跪下来叩头，求他放过她，然而这一切对一个充满兽欲的人来说一点也不起作用，柔弱的她怎么能抵挡一个野蛮而又强悍的野兽。她被他压倒在那条窄窄的板凳上又哭又叫又踢，但最终还是敌不过他那强壮的身躯而没了声音和力气。他粗暴地将一朵含苞待放的花朵碾得粉碎……剧烈的痛疼使她喘不过气也喊不出声，泪水如雨点般倾泻下来。

半晌，他才从她身上爬起，气喘吁吁地提上裤子。临走，还恶狠狠地扔下几句话："这事不许你对任何人讲，更不许对你母亲和干妈讲，如果讲了，我会让你死得很难看！连你的尸体也不会让人找到！"说罢，扬长而去。

41

从此，我的母亲在所谓的干爹家过着暗无天日的日子。她既不敢把此事告诉我外婆，也不敢对干妈讲，她明白如果将此事告诉外婆，外婆定会疯癫得比先前更加厉害，会令她和外婆的下场更惨，搭上自己的小命不说，还会使好不容易有个安身之处的母亲性命不保。这个所谓的干爹连共产党都敢杀，她能不信他所说的让她死无葬身之地的这狠话吗？他弄死她和母亲就像走路踩死两只蚂蚁一样简单。

她忍受不了这种内心的煎熬和肉体的摧残，曾一度试图对母亲诉说。次日清晨，她还真去了母亲干活的茶馆，然而当她望着正在忙碌而顾不上和她说话的母亲时，突然觉得不能轻易将此事告诉母亲，于是她只能自己默默承受像她这种年龄根本无法承受的痛苦。

一连几天，她的下身疼痛得无法走路，但她咬着牙硬是没吭声，她走起路来像罗圈儿腿似的，干妈见了，也觉得诧异，有意无意地询问过她，可她不敢讲，怕讲了以后，干爹没事，自己倒惹下祸害。或许正是她的软弱，让所谓的干爹更加为所欲为和肆无忌惮。此后的日子里，只要她的干妈不在家，干爹就会找机会对她实施强暴。他强暴她的方式多种多样，这些极其野蛮的行为让天真无邪的她感到万般恐惧、无奈和屈辱。日子一长，她感觉自己就像生活在地狱里一般望不到天日。她决定离开这个暗无天日的地方。某日，她趁着他俩还没起床，就偷偷逃了出去。

时值冬天，地里的庄稼全收割完了。田地里光秃秃的，连草也枯黄了，整个大地毫无生气。她不敢顺着大路走，只选在田埂上赶路，她害怕干爹发现她逃走后会派人追来，内心异常焦急。她好不容易跑出十里地光景，就再也跑不动了。于是，她躲进一家农户的柴堆里。到了晚上，她实在饿得受不了了，就跑出来敲门讨饭吃，那家农户看她还是个孩子怪可怜的，就给了她一个饭团，并且打算留宿她，但一听说她是从徐祥家逃出来的，就不敢收留她。那家主人说："换成是其他人家，我们定会收留你过上一夜。可是对从徐祥家逃出来的人，我们无论如何都不敢做这样的尝试。"他的这番话，我母亲丝毫不感到意外，方圆几十里，谁人不知徐祥的凶狠恶毒，这年头谁想惹上不必要的麻烦。

好在那个柴堆可以让她藏身，我的母亲准备先在那里将就着过上一夜，等第二天天亮再另做打算。

那日清晨，徐祥起床后发现我的母亲没在家，他意识到干女儿逃走了，就发疯似的命令其手下的人沿着大路和小路四处寻找，并且下令他们如果找不到我的母亲就不要回来，否则就拿他们的命是问。这样一来，这帮人就像是一头头猎犬，四处搜寻我母亲的下落。

然而我的母亲早已预料到干爹的手段。次日天刚放亮，她就转移至一处坟地。坟地离这户人家不远，约有一里地，这是她在逃跑途中偶然发现的。

这片坟地很大，有二十来个坟头。四周零乱地长着许多松树，有的坟头种着万年青，有的只长着草。我的母亲虽然感到

171

很害怕，但也知道如果被干爹抓回去，就一定会再被他强暴，下场会更惨。

夜幕降临，田野里静悄悄的，四周一片漆黑，我的母亲躺在坟地里，内心极度恐惧。

深夜，她冻得直发抖，无奈之下她想到了墓穴，于是她毫不犹豫地钻了进去，里面黑咕隆咚的，伸手不见五指。她被脚底下的东西绊了一下，一屁股坐在了地上。她伸手在地上乱摸，忽然摸到一个硬邦邦的东西，赶紧松开手。

渐渐地，她有些困了，迷糊中，她似乎看见母亲被干爹追问着，问她女儿究竟去了哪里？母亲听了很惊诧，不知所措地朝他摇摇头，一句话也说不出来，干爹面目狰狞地举起手中的枪瞄准她，枪响了，母亲倒了下去。她一下被惊醒了，惊恐万分地坐起来，发现这是个梦，她不知这梦境究竟意味着什么，但她觉得好像凶多吉少。

天亮了，我的母亲借着幽暗的光线环顾了一下墓穴。这一看，可把她吓得倒吸了一口冷气。眼前横着一具尸骸，那骷髅的幽洞令人感到极为恐怖。原来她竟与这具尸骸相处了一夜，她回想起来不免感到毛骨悚然。此后，我的母亲就藏在这乱坟岗中，白天饿了，就挖地里残留的红薯吃，一到夜晚就躲进那座坟墓里过夜。

在乱坟岗中待了二十多天后，她想干爹或许已放弃了对其的追寻，于是她决定冒险继续沿着大路朝前走。然而她刚走到一池塘边，便被干爹派的人逮住了。

干爹一见到她就像见到什么仇人似的，他当着干妈的面将她往死里打，还用脚使劲踢她的下体。她被他踢得在地上直打滚，哭喊着哀求他。干妈则用针刺她的嘴、脸、大腿，他俩轮番对她进行一顿毒打后，才打发她去做家务。次日黄昏，她就又被干爹强奸了，从此，我的母亲又坠入了无底的深渊中。

这种生不如死的日子持续了很久，直到东窗事发。

那天，干爹又在厨房强暴我的母亲，不料被因事返家的干妈撞见，这可不得了，方圆数十里以雌老虎闻名的她，先是对老公吼，然后对干女儿又打又骂，骂她勾引其老公，骂她不知好歹恩将仇报，并且一怒之下将她转送给了一户日本军官的家庭。

从此，我的母亲逃出魔窟又进狼窟。

我的母亲做梦也没想到，她会被送去日本军官家中做小保姆，让她带孩子。这家的男孩刚满一周岁，她每天负责孩子的起居、饮食、护理，还陪他玩。这男孩或许被他父母娇惯成性的缘故，脾气很大，只要稍不如意，就又哭又闹，很难伺候。

没过几天，我的外婆得知我的母亲被送进日本驻军司令部并且再也联系不上她时，疯狂地跑到徐祥的家门口又骂又跳，她骂他们不是人，将她女儿送去了不是人待的地方，使之见不到自己的女儿；她骂他们做出这种丧尽天良的事，总有一天会遭到报应的；她不顾一切地用砖块砸他家的门。他们被她骂得日夜不得安宁。骂累了，她就蜷缩在他家屋檐下睡觉，醒了又继续骂，直到骂得他们无法忍受，最后派人用乱棍将她痛打一顿，然后将她拉去数十里外的荒郊野地一扔了事。

从此，外婆与我的母亲失去了联系。

我的母亲对我叙述这段经历时，她的眼睛里流露出的只有悲伤而没有眼泪，但我却随着她的讲述时而痛苦，时而悲愤，时而忧伤，时而哽咽，不能自己。倘若不是她亲口告诉我发生在外婆和她及其家人身上的这段经历，我无论如何也想象不出世上竟有这般催人泪下的真实故事的发生。我不敢去想象这种悲惨的经历对一个幸存下来的人日后会产生什么样的影响？更不知在这如影随行的阴影伴随下她怎样度过往后的时光？……

42

　　就在日本天皇下诏书宣布投降后的次日，我的母亲被将要遣返回国的那户日本军官卖给了当地一户地主家庭，此后又由这户地主家庭转卖给了乍浦一户农民家庭。这户农家早年就收养了一男孩，他们打算再领养一女孩，目的是让领养的男孩与之婚配成夫妻，这样一来，他家不仅儿女双全就连媳妇也有了。当这对农家夫妇看到我的母亲时就毫不犹豫地买下了她。于是我的母亲在经受多次转卖后，开始了她一生中最美好的生活。她不仅受到养父母的宠爱，还得到来自非亲生哥哥的关爱。养父母对她视如己出，与她一起下地干活，一起到河里钓鱼摸虾。只要有好吃的，首先想到的总是她，重活累活不让她干，总让她做些轻松的家务活，做哥哥的更是如此。日长月久，兄妹俩的心碰撞在一起擦出了爱的火花，他们憧憬着美好的未来。他们嘴上不说，心里却清楚，从不怀疑彼此间的忠诚，就连邻居也认定他俩是天生的一对，地造的一双，只等时机成熟就可拜堂成亲。

　　然而，命运往往捉弄人。次年的一天，她与邻家女孩一起到镇上购物，当时我的父亲碰巧到这小镇上游玩，他忽然发现迎面走来的两个女孩，其中一位即我的母亲使他的眼睛一亮，目光不由自主地随着她的人转。她到棉布店，他也去棉布店；她进杂货店，他也进杂货店，她站在摊前买棉花糖，他也站在旁边偷偷望着她。起初她并没注意到，直到同去的女孩提醒她，她才发现还真有那么回事。于是她下意识地回首瞥了他一眼，这个不经意的动作，竟让我的父亲以为她对他有意，由此我母亲的命运又来了个大逆转，厄运再此降临到我母亲的身上。

我的父亲由于一生下来便被他的父母过分溺爱，因此性情变得放荡不羁，加上他从小读的是私塾，接受的全是三纲五常、嫁夫从夫、嫁鸡随鸡那一套，在他脑子里女人就是男人的私有财产，婚前婚后都要对他绝对忠诚。在他看来，女孩的贞洁尤为重要，如果对方不是他所期待的那般纯洁，他是无法忍受的。

那天，他在街上看到迎面姗姗走来的我的母亲时，就被她的容貌深深打动了。他简直不敢相信世上竟有这等美貌的女子，一张白皙且漂亮的鹅脸蛋，恬静中透着一种耐人寻味的忧郁，一股灵气伴随着一丝淡淡的忧愁，远远望去犹如晨雾中飘来的仙女，令人如痴如醉，直到她走得很远，他才缓过神来，心中暗暗发誓：一定要娶她为妻。

回到家后，他就托人四处打听，得悉她是乍浦一户农家的养女后，立即觉得十分有把握。他的家庭在其所居住的小镇上虽不算最富裕，但家境也不错，尤其是他的聪明和强势，使得只要是他想要的东西一般都会到手。

武思离乍浦不算远，船走水路也就四个多小时。我母亲的养父母家在乍浦乡下一个叫林农的村子里。一条运河连接着杭嘉湖平原的每个村庄，乍浦和武思自古以来都有港口。相比之下，离武思不远有个叫澉浦的地方，其通商口的名气比乍浦还要大。

在《马可·波罗游记》一书中，就曾有这样一段记载："我要让你知道，在距希腊湾日出处的印度洋上，距杭州二十五英里地方的海洋上，有一个城市，名叫澉浦。"武思离澉浦不远，仅四十多里地。这位外国人在游历中国到达澉浦时，在书中详细地向世人描述了他所看到的澉浦港的繁荣景象。

那天，虽然我的母亲对她的养父母哭诉，但他们见男方势大力强，如果硬不肯将她嫁过去，到头来仍会是胳膊扭不过大腿，还是会吃亏。另外，他们看我的父亲长得人模人样的还算过得去，权衡之下就劝慰她说："女孩子总要嫁人的，我们本想留你在家中，不料竟遇上这种事，想来各人有各人的命，是我们没福气。"说罢，全家人哭成一团。我母亲的哥哥也就是她的心上人，更是悲痛欲绝，据说我的母亲出嫁之后，他都不结婚，直到我的母亲生下了我，他才遵照父母的意愿与一陌生女子结了婚。

拜堂成亲时，我的母亲眼泪汪汪的，心中满是不情愿。可我的父亲却很傲慢地对前来参加婚礼的亲朋好友说："谁让她长那么漂亮，又碰巧让我遇到。"说罢，还"嘿嘿"笑了两下。

结婚场面也风风光光的，因为他是独子，加上我祖父的家境不错，我母亲身上穿的、头上戴的都很有派头。厅堂上，一对龙凤花烛映得满堂红光，墙上挂着一副"百年好合"的对联。按照老规矩拜过天地、高堂后又相互对拜。我母亲的心忐忑不安。祖父母将亲朋好友与街坊邻居都请了来，酒席屋里摆不下，就摆到了街上，远远望去就像摆长龙宴似的很是热闹。

当晚我的父亲与我的母亲被众人簇拥着送入洞房，嬉闹起哄着闹完洞房后，他就迫不及待地解开她的衣扣试图与她同房。这让我母亲感到非常恐惧。为了躲避他，她竟然绕着床的四周爬起来。他看着她这种举动，起初觉得很诧异，怔了怔后，仿佛明白什么似的跟在她后头也爬了起来，就这样，一个在前面逃，一个在后面追。这使我的父亲兴奋不已，在他看来，我的母亲一定是因为羞怯。他丝毫没意识到，我母亲实际上完全是出于对他的恐惧。我母亲终究被我父亲捉住了，他将她一把拥入怀中，动作果断却异常轻柔。

他小心翼翼地为她脱去衣服，一件又一件。他这么做时，我母亲的心情极为复杂，内心异常恐惧，却又不好说什么，更不好过分反抗，她知道从今天起自己就是他的妻子，尽管她内心极不情愿，可生米已经煮成熟饭。

经过一番扭捏之后，我母亲终于让我的父亲对其行使了一个做丈夫的权利。看得出来，他对她怀着激情，许是太高兴的缘故，一阵手忙脚乱后，他与她完成了第一次夫妻间的亲密接触，而后瘫软在她身旁一动也不动。她对他所做的一切，既没感到愉悦，也没有感到什么痛苦，只是觉得自己终于完成了任务。

当他与她同房时，我母亲眼前晃动着的却是干爹强奸她时的情景，好几次她都想喊出来，但都被另一种清醒着的意识压了下去。这种压抑令她喘不过气来，因此当他瘫软在旁喘着粗气时，她竟浑身颤抖着一动也不敢动。她以为只要过了这一晚，一切就会好起来。

突然他一下跪起来，粗暴地掀开被子，俯下身仔细察看起她的下体来，她不明白他为什么要这样做，还没等她弄明白怎么回事，他就对她破口大骂："贱货！你怎么可以欺骗我？！"

这吼声犹如晴天霹雳般打得她头发蒙，怔怔地，她望着他，不明白刚才还兴奋不已的他，怎么一下变了脸？

原来我的父亲发现我的母亲不是人们通常所说的处女，他的心被满怀的期待和满肚子的贞操观念搞得犹如死灰一般。他愤怒极了，随手用大拇指与食指掐住她大腿上的肉，使劲拧起来。

我的母亲被拧得直打哆嗦。可不管他怎么责问，怎么狠劲

177

地拧她，她始终紧咬着牙不吭一声，她知道如果照实说了就会大祸临头，像她这样的人如果被他休了，就真无家可归了。原来当地的风俗是，嫁出去的姑娘，泼出去的水，是再也回不了娘家的，更何况她是被领养的。养父母的家回不去，她又能上哪儿呢？自己虽说有母亲，可如今也不知她是死还是活，与其这样还不如咬紧牙关挺过这一回。她满腹委屈眼泪汪汪地凝望着他，想说些什么但终于什么也没说。

之后，我的父亲几乎天天晚上都要威逼我的母亲说出她与他之前同哪个男人发生过性事，是她愿意还是他强迫她？她不说，他就骂她是"贱女人"，骂她是"脏货"，还说他瞎了眼竟然娶了她，让他无端戴绿帽不算，还要忍受她带给他的这份永远无法言说的耻辱和痛苦。他被她的不忠激怒，内心对她产生了一种强烈的不满和怨恨。他嫌她脏，不再碰她，有时深更半夜会将她从床上踢到地下，酒喝多时还会动手打她。然而不管他对她采用什么样的暴力甚至威胁，她始终不肯开口，她保持着沉默，被他逼得太急或打得太疼时就躲在床角悄悄地哭泣。

然而我的父亲对她也有满意的地方，那就是她对他的父母亲很孝顺，并勤劳地操持着家务。她的贤惠使公公婆婆很看重她，认为她行事得体，做事有头脑，把家务操持得井井有条。他们不知道儿子与媳妇之间所发生的事，只认为是儿子的脾气不太好。他俩发生什么不快，二老都认为是儿子不好。公公婆婆的宠爱使我的母亲有了些许安慰。

43

　　20世纪50年代初夏季的一个傍晚，有人告诉我母亲，政府次日要在盐官枪毙一批汉奸，其中有她的干爹。得知这一消息，母亲激动得一晚没睡好觉。次日天刚蒙蒙亮，她就起床，给一家人做好早餐，梳洗打扮一番后，就早早出了门。

　　前夜，她对我的父亲说，明天她要赶去盐官观潮。每年的八月十八，从四面八方赶去盐官观潮的人不计其数，我父亲也曾经与友人同去观过潮，但那次观潮并没给他留下什么好印象。那天他和成千上万的人站在海塘上，此时正值退潮，海滩上没有海水，远远望去只有两个大男人在捕鱼，腰间拴着竹箩。还有一男孩站那里观看，小男孩约莫十岁，三个人嬉闹着拉起渔网。突然，远处有一条白线过来，还没等岸上的人搞清楚究竟是怎么回事，那条白线犹如千军万马般朝海塘上奔腾咆哮而来，巨大的浪潮排山倒海似的涌来，使所有在场的人目瞪口呆。岸上的人一看情况不妙，都着急得直跺脚，扯着嗓门大声喊道："潮来了！快跑，快跑！"在众人的喊叫声中，两个男人猛然醒悟，他俩拉着男孩转身就往海塘方向拼命奔跑，无奈人跑不过海潮。父亲对我的母亲说，那天海塘上有十多万人，但谁也不敢下海去救，所有人都眼睁睁看着他仨顷刻间被汹涌的潮水卷得无影无踪。父亲说这番话的目的，显然是不愿意母亲单独出门去观潮。但我的母亲告诉他，她是与邻家的媳妇一起去的，看完潮后她们打算在那里买些家用的东西，还想扯几块好看的花布做几件小衣裳，我的父亲一听，愣了一会。她却低下头，两眼看着脚尖，脸上泛起一片红晕。我的父亲这才恍然大悟，他要做爸爸了！心情顿时变得大好，他喜滋滋地塞给她一些零花钱，还叮咛她出门走路要小心。

次日清晨，他看着她和邻家的媳妇一起说说笑笑走出了家门，我的父亲这才眉开眼笑地将此事告诉了其母亲。我的祖母听说后，顿时笑得合不拢嘴，千叮咛万嘱咐要儿子好好对待媳妇。

我的母亲坐汽车一路颠簸到了盐官。会场设在离海神庙不远的操场上。此时早已人头攒动，挤满了来自四面八方的人。这地方她很熟悉，小时候她和姐姐们来过这里，如今故地重游，早已物是人非，但有些场景还是老样子。广场很大，四周种着许多宽叶梧桐树，小时候她也来过这里打梧桐树上的籽，打下来的籽拿回家炒着吃。

她沿着会场转了好几圈，都没能挤到台前去。

审判大会开始，她站在讲台的左侧，从人群的缝隙中望去，似乎可以隐约看到她的所谓干爹。此刻，他站在台上被穿军装的人押着，双手被反铐，低着头，腰弯得像只虾。她看不清他的脸，她的心跳得好像要蹦出胸膛似的。

当一名身穿黄军装的人义正辞严地宣读徐祥的罪行时，她的脑海里浮现出昔日他对自己强奸时的情景，这是一张让人始终无法忘记的丑陋嘴脸，此刻她只能站在台下远远地听着看着。他好像对他罪恶滔天的审判并不认账，不时扭动着丑陋的身躯。她竭力想挤进愤怒的人群，朝台前挤去。

她终于挤到了台前。不知怎么，台上的他仿佛感觉到什么似的抬头朝她站立的方向瞟了一眼。他的目光无意中与她的目光对视，随即他触电般闪开了。她不知道他是否看见或认出了她，但她就是冲着他来这儿的。此刻已宣读完判决书，他被判处死刑立即执行。她的心"怦怦"跳得厉害，忍不住用手捂住自己的胸口。

她的干爹被判处死刑，终于在众目睽睽之下被实行枪决。为了看得清楚些，我的母亲竟然不顾怀着身孕，挤到离他不过二十米远的地方。"啪"的一声枪响，她清楚地看见，一颗子弹从他的后脑勺穿进，又从他的前额穿出，他像电线杆似的一头倒地，一动也不动。

回到家后，我母亲整个人变得与往常不一样了。她的话变得多了，人也变得有精神了。我的父亲问她观潮的事，她当作没听见似的把话题扯开了。本来她就只是用观潮作幌子，参加公审大会才是她真正的本意，目的达到了，她的心愿也了了。接下去的日子，她忙碌着给肚子里的孩子做衣服，撕尿布，她兴奋的神情感染着家庭中每个成员，望着她渐渐大起来的肚子，家中人人都充满希望。

几个月过去。全家人欢天喜地地迎来了一个小生命的诞生，我的父亲希望生下的是个男孩，以传承家族香火。母亲说，她生我时是一个深夜，天冷得出奇，我不像别的孩子生下来就"哇哇"啼哭，而是一声不吭。我的母亲说，我在她的腹中好长时间才出来，脸蛋憋成了紫色，这让她焦急万分，好在接生婆有经验，果断地抓住我的双腿，头朝下倒提着，用手在我屁股上狠狠拍了几下，我这才"哇"地一声哭出来，这哭声令我的母亲异常疲惫和焦虑的脸上终于展露出了笑容。

我的父亲得知我是个女孩后待在书房里好久不肯过来，母亲说我好像知道我父亲心思似的，一刻不停地大声哭泣，这才使我父亲极不情愿地跨进房门，将我抱在他怀里皮笑肉不笑地摇晃了几下。

我的出生给整个家庭带来了喜庆，同时也带来了烦恼。母亲生下我后，她就不希望再生孩子了。在她看来，我的外婆生了那么多的孩子，到头来一个也见不着。而我的父亲则相反，一心想让她再生个儿子，在他看来作为家中的独子，传承这个家族的香火是他的责任，为此，他俩常搞得面红耳赤很不愉快。

奇怪的是，我从一出生就不知怎么对任何事物都异常敏感，尤其对父亲，只要他对我有一丁点不好，我就会感觉到，从而对他产生一种莫名其妙的警惕。我父亲也是一个极其敏感的人，他敏锐地感觉到我的出生有一种不祥的预兆。

就在我两岁那年，我的祖父母先后生病。在我的祖父患病时，我的母亲对其无微不至的关怀使我的祖父内心充满感激，他拉着她的手说："倘若我的病能好，要给你添一身新衣服，你为我们生下了孙女，还终日伺候我们二老，你是个好媳妇。"说着，忍不住流下了眼泪。

母亲听罢，心酸不已，连连摆手说："这是我应该做的。"

然而，她的孝心与努力没能将他们的生命留住，不管我的母亲如何起早摸黑地尽心照料他们，或我的父亲想尽办法四处求医问药，我的祖父母还是在两年内相继去世。

他们的离世使我的父亲对我的生辰八字产生了怀疑。在他看来，平日里好好的父母怎么会在我出生不久，就相继患病离世？而且患的病也不明不白。请郎中到家和去医院检查都没能有个诊断结果。难道是他女儿的命相冲撞了二老？于是，他请算命先生将我的生辰八字与他们的八字合在一起卜了一卦。结果令他和我的母亲都十分吃惊，卦说我的命特旺，命也特硬，需连克三"官"，才能旺自己的命。可母亲不信，她认为那是算命的人瞎说的，没有哪个人真能知天命，能算出人的生与死，什么"伤官"不"伤官"，跟她女儿没一点关系。

父亲的脾气因此变得更加忧郁和暴躁，动不动就对我发脾气，有时还要打骂我。我的母亲因为整天忙于养家糊口很少管我。而我的父亲整天无所事事，看着我来气，因此不愿意管我。

没多久，父亲瞒着母亲在外头有了相好，这个女人我见过，皮肤黝黑，水桶腰，好几次她趁我母亲不在家时到我家，与我父亲在楼上鬼混。

有一次，我晃晃悠悠爬上楼梯躲在房间外面的夹板缝中偷偷往里窥探，竟然看到他俩赤身裸体地搂抱在一起，做那种令我厌恶的事。

我的父亲自以为很聪明，认为这事做得滴水不漏，心想我的母亲是绝对不会知道此事的。然而，他做梦也想不到我会给他捅出个大窟窿。就在他俩在楼上寻欢作乐时，我从楼上心急火燎地倒退着爬至楼下，跨过门槛，急匆匆穿过整条街去了母亲的单位。

当我站在母亲面前鹦鹉学舌般模仿着父亲对那个女人所说的话时，我的母亲敏锐地意识到了什么，只见她一下扔掉手中正在编织的箩筐，神情紧张地拉起我的手，然后飞也似的奔跑，跨进家门，蹿上楼梯，从夹板缝中看着屋里的动静。当她看见眼前那情景时，她完全崩溃了，禁不住感到一阵恶心，接着便抑制不住呕吐起来，这下惊动了屋里的人，只见他俩神情紧张地朝我们的方向看，我以为母亲会按捺不住心头的激愤冲进屋去，把他俩从床上抓起来，然后对准我的父亲连同那女人狠狠扇上几巴掌。但她并没有这样做，只见她一屁股坐在地上，人像一棵霜打后的包心菜似的软软地斜靠在夹板上，脸色苍白，浑身颤抖，嘴角不住地抽搐着，一句话也说不出来。

我吓坏了，带着哭腔惊恐地喊道："妈妈，妈妈！"

不一会，我的父亲铁青着脸走了出来，后面跟着那女人。那个女人用蔑视的目光朝我的母亲扫了一眼，迅速冲下楼梯。而我的父亲却冲着我和母亲激愤地说："看什么看！"说罢，也扬长而去。

事后，父亲怀疑是我把此事告诉了我母亲，便将我叫到跟前询问，见我死活不吭声，就抡起拳头将我狠狠地揍了一顿。

父亲对母亲的背叛，使我的母亲对他死了心。他俩的感情再一次受到挑战。

44

　　很多年过去了。我一直没去学校念书。我将要上学的年纪适逢一场政治运动，当时提倡"知识越多越反动"，交"白卷"才是好学生。我对母亲说，我就待在自己家里自学吧。可家里所读的不是学校里的教科书，大多是被称为"毒草"的书。那"毒草"也不太容易找到，于是我就千方百计地到处搜罗，如《战争与和平》《红与黑》《罪与罚》等。母亲看到总喜欢问："你读的什么书？"当她听到我说的书名时，就有点不太高兴，说："你是中国人，怎么老喜欢看外国人的书？"她听人说，有好多人因为读外国人写的书而被抓到监狱里去，就劝我悄悄把书还给人家，免得被人发现，搞不好会遭罪。

　　1989年的秋天，我参加了在当地举行的一次全国性的文艺理论研讨会，在这次会上，我遇到一位约莫五十岁的中年男人，他的身份是日本一所大学的中文系教授。与他交谈中我得知，他除了撰写文艺理论文章，还擅长中日关系问题的研究。

　　奇怪的是，我一看到他，就觉得仿佛在哪儿见过他似的。他长着一张鹅蛋形的脸，肤色白净，西装革履，头发乌黑，梳成三七开，他就坐在我邻座的位子上。这是个阶梯形的演讲厅，能容纳六百余人。我刚坐下，就见他起身，先是与临座的人行鞠躬礼，接着和我打招呼。我这才恍然大悟，原来他是日本人。

分组讨论时，他用一口流利的普通话对中国近现代文学发展的趋势做了演讲，他的演讲颇有新意，引起与会学者、专家的赞赏，尤其是他对杭嘉湖一带文学界名人作品的解析与研究令人无不为之叫好。

就餐时，他与我同坐一桌。我对他说："如果你不说自己是日本人，我还以为你是中国人。"

"为什么？"

"你的普通话说得非常好。"

他一听，愣了愣，压低声音说："我是中国人。"

我感到愕然，发现他并不像在跟我开玩笑。

"你不相信吧？"他说。

我看看他，点了点头。

"连你也不相信。"说罢，他叹了口气，似乎有些委屈。

不知怎么，我的脑海里迅速掠过外婆被那日本兵强奸后所生的那个男孩的形象。那天母亲拿出外婆和无名的合影给我看时，我端详了好一会儿。

会议间隙，有意无意间他总和我在一起，就连就餐时他都与我同坐一桌，也不知出于什么原因，我还热情地陪他去当地的旅游景点游览。

我带他去了一座名叫涉园的公园游览。中华人民共和国成立之前，这儿是一户富商的私人花园，之后这户富商的后裔将它无偿捐献给了当地政府。后经上级有关部门批准，成为国家级的园林，园内曲径通幽，假山玲珑，琼亭楼阁错落有致，景色秀丽。我和他漫步在园林之中，他被园内数百种名木古树所吸引，不时停下脚步仔细端详着。他抬头仰望一棵犹如巨蟒般攀树缠枝的紫藤时，好奇地向我询问它的树龄。当我告知他，这棵紫藤已有四百多年的历史时，他禁不住发出"啧啧"的赞叹声。

随后，我和他来到一座九曲桥旁，旁边建有一亭子，亭子呈八角形、紫黑色。亭前有一泓池水，我和他站在一块突兀的巨石上向四周观望，只见池水中倒映着茂密的树荫，几缕阳光顽强地穿过密密的树枝映射进水池。我告诉他，日本侵略中国时这里曾是日军的司令部，他听后脸上露出惊愕的表情；当他听到日本天皇下令投降后，许多日本兵剖腹自杀于桥下的清水池旁时，他俯下身去望着平静如镜的池水沉默良久。我不知道，作为一个日本人听到我的这番介绍，此刻内心会是怎样的感受，我只是觉得有必要向他介绍这段真实的历史。

半晌，他才凝视着我说："对于他们来说，或许自杀就是唯一的选择。"

他的话，使我沉思良久。

走出公园，往东走约二十分钟，便到了大海边。当时秋高气爽，万里无云。站在海堤上，可眺望一望无际的大海。

我指着远处的一条海岸线对他说："那就是金山卫。当年日本军队就是从那里登陆并沿着海岸线一路扫荡过来的。"我的语气听起来似乎有点轻描淡写，但我的内心却隐藏着强烈的仇恨。

听罢我话，他望了我一眼，脸上流露出一丝难以捉摸的神情。

过了片刻，我问："假如你的国家有一天还会像之前那样侵略我们国家，你会怎么做？"

兴许他压根儿没想到我会提出这样一个令他难堪的问题，只见他怔了半晌，然后才说："我希望中日两国人民世世代代友好下去！"

他的回答似乎挑不出毛病，但我认为他是在用大道理敷衍我。我心存疑虑地说："真的吗？"

显然他听出了我的弦外之音，只见他神情严肃地说："我向你透露一个私人秘密。"

"秘密？"我看了他一眼，心想，对一个完全不了解且是个异国之人，他会透露其什么隐私呢？

他似乎一点也没理会我的疑虑，说："其实我也是一名中国人，确切地说，我母亲是中国人，而我父亲是日本人。所以说我既是中国人也是日本人，我的血管里同时流着中国人和日本人的血，我来中国的愿望就是想找到我的亲生母亲！"

他的这番话，令我震惊。之前我还以为他是在开玩笑，我凝视着他，不知说啥才好。

他似乎完全没理会我的神情，弯腰就地而坐，将一双脚悬挂于塘外，眺望着无边无际的大海，对我讲述起关于他父亲的一段往事……

45

　　原来他的父亲当年就是一名日本兵，叫利波纯一。那年秋天跟随日本军队在中国金山卫强行偷渡登陆后，驻扎在杭嘉湖一带。作为利波家唯一的儿子，日本对中国发动侵略战争后不久，他便被征召从戎，到中国参战。他的父母叮嘱儿子哪怕战死在疆场也要效忠天皇。他们嘴上虽这么说，其实内心却不完全这样想。自从儿子离家远征后，他的父母每天过着担惊受怕的日子，生怕儿子从此一去不复返，因此天天盼望着大日本帝国能打胜仗，这样他们唯一的儿子就可以早日返乡。可几年仗打下来，使他们失望的是，日本帝国非但没能打败中国，就连他们自己的军队也损失惨重，数以万计的士兵伤亡，征战之前试图占领中国的愿望，到最后只能以签署投降书而落空。

　　就在日本侵占东北之后，日本政府动员了许多日本人迁移至东北。利波纯一的姑姑、姑夫就是在这种情况下随"垦荒团"来到中国的。到东北后，这些日本的农民才发现，所谓"垦荒"，实际上就是用各种手段掠夺中国的大批良田，将它们占为己有。他们看到东北的土地是那么的辽阔，资源是多么的丰富。他们看着那片肥沃与广阔的黑土地，想着自己国家却是个弹丸之地的岛国，与之相比，这里不知好上多少倍。

　　使利波纯一父亲纠结的是，儿子作为他们家唯一的男丁，一旦战死疆场，不仅连他的尸体见不着，就连传宗接代、延续香火的愿望也没了影。就在他们为此事忧心忡忡之时，日本作为战败国投降了，如此一来，他的儿子就可以回来了。使他们意想不到的是，利波纯一的姑姑被中国政府遣返回国时，竟然给他们带来了其儿子在中国生下的无名，即他们的孙子，这使他们感到十分欣喜。但是他们不知道无名是儿子与哪个日本女人所生，更不清楚孩子真正的来历。

　　这孩子的来历连利波纯一的姑姑也不完全清楚，从她的叙述中，利波纯一的父亲得知，这个叫无名的男孩是他儿子与一位女人所生，但男孩的母亲是谁她也不清楚。男孩是三年前她与丈夫一起探望在杭嘉湖一带作战的利波纯一时，利波纯一托付给他们的。

　　那日，她千里迢迢找到侄子服役的军营，部队的士兵说她的侄子利波纯一去茶馆喝茶了，于是她只好焦急地坐在那里等他。侄子是他们利波家的独苗，这些年他几乎天天在打仗，她无时无刻不在担心他会出什么意外，于是趁着东北天寒地冻种不了地之时，就不顾路途遥远赶来看望他。

　　闲着无聊，她向招待他们的人打听侄子的情况："利波闲时干些什么？"

　　招待的人说："他没事就常喜欢去三里地远的一家茶馆，在那儿喝茶。"

　　姑姑问："他喜欢喝茶？"

　　那人说："入乡随俗吧，这儿的茶好喝。"

　　姑姑一听，也是。她和丈夫在日本时也不喝茶，可来到东北后，不知怎么也喜欢上了中国的茶。

　　两个小时过去，她终于等来了侄子。令她想不到的是，利波纯一似乎有些心不在焉似的，做姑姑的有点纳闷。正当她想张口询问他时，利波纯一却让他俩跟着他走，于是他俩提起行李就往外走。

他们随他走进一家餐馆。餐馆位于街中心，此时还没到吃晚饭的时候，餐馆里冷冷清清的。

他挥了挥手，服务员马上走了过来。他叫了一壶茶，又点了些菜，接着，利波纯一心事重重地说："我遇到了一件难事，想请教你俩。"

姑姑一听，心想果不出所料，侄子真遇到什么难事了，忙问："什么事让你心事重重？"

于是他把自己经常去我外婆茶馆，以及在那儿遇到孩子的事说了。他的叙述很简单，丝毫没有提及他在船上强奸我外婆的事，只是说这孩子长得像他，还提到孩子左脸颊鼻翼旁的那颗黑痣长得与自己很相像。

姑姑一听，按捺不住心头激动，问道："孩子叫什么名字？"

利波纯一答："无名。"

"无名。"姑姑看了他一眼。

姑夫一听颇感意外，但一瞬间好像悟到什么似的："这名字有意思，找时间看看他去，行吗？"

姑姑先是愣了愣，随即又说："好！"

次日傍晚，他俩便随利波纯一去了我外婆的茶馆。

他俩一见到无名，人就像傻了一般，你看我，我瞅你，不知说什么才好。半晌，他姑姑从我外公手上抱过无名，左右打量一番后，转身悄悄对其丈夫说："你看，他左脸颊上那颗黑痣，还有那对小眼睛。"她惊喜的表情顷刻溢于言表。

听了她的话，利波纯一的脸上顿时泛起红晕，他把目光移至孩子脸上，此时的无名犹如明白他的意思似的张开双手扑到他怀里，凝望着他的脸笑了。

姑夫一见，颇为动容。

次日，他仨趁我外婆在河边洗衣服之际，偷偷将无名抱走了。

利波纯一在离军营不远的一家饭店订了一桌酒。他们三人喝着酒，互述衷肠。临走，他将无名托付给了姑姑，说："我有一事相求。"

"什么事？"姑姑问。

"想请你们将无名带走！"

"带走？"姑姑困惑地说。

"是的！"

"为什么？"

"我是一名军人，怎么能带着他呢？"

姑姑一听，觉得侄子说得也有道理，但似乎又有些犹豫，说："这年头兵荒马乱的，战事那么吃紧，不知这仗打到什么时候才能结束，如果……"

利波纯一一听，立即明白她的意思："你们活下去的可能比我大。"

"好，我们就带他回东北。"姑姑含着眼泪，答应了他的请求。

利波纯一又再三叮咛道："万一我有什么不测，就拜托你们将他带回日本交给我父母……或者由你们把他抚养成人。"说完"扑通"一声跪在他们面前。

几天后，无名由其姑姑、姑夫带去东北，走时，利波纯一将一张照片交给姑姑，并叮嘱她，不管发生什么事，这张照片都不能丢。姑姑望着他一副严肃的模样，小心翼翼地将照片放进贴胸的内衣口袋里，她不清楚那照片上的两个人与侄子是什么关系？但从侄子异常认真的神态来看，这一张照片非同寻常。在她看来，照片上的女人似乎与这孩子有关，但究竟是什么关系侄子没对她明说。

此后，无名便随着他们夫妇俩生活在东北那片黑土地上。这里的一切滋润着他，慢慢地，他喜欢上了这片土地，因为那里的一切让他感到自在，高高的山峰，密密的树林，白白的雪山，欢蹦的梅花鹿，飞奔着的骏马……最主要的是，他感到他俩都十分喜欢他，甚至可以说是溺爱，简直一步也不离开他。只要是他喜欢吃的食物，他们就省着给他吃；只要是他喜欢玩的东西，他们就千方百计给他去弄，还给他穿上日本和服。

战事到了紧要关头，为了尽快结束这场灭绝人性的法西斯战争，美国在日本广岛投下了原子弹。利波纯一的祖父母与其母亲均死于原子弹的爆炸。1945 年 8 月，苏联军队奉命打进东北，与东北的抗日联军一起仅用二十多天的时间就歼灭了那里的日本军队，还俘虏了数十万日本鬼子。日本的战败，使东北的"垦荒团"失去了保护伞。这期间绝望的情绪笼罩着整个垦荒村，他们中有的自杀，有的逃命。利波纯一的姑夫眼看自己国家的军队被打败，忠于天皇的他，在日本天皇下诏书投降后的第五天就剖腹自杀于他每日开垦荒地的村庄里，而其姑姑原本也想随丈夫一起自杀，但想到利波纯一的嘱托，就决定活下去，以便有一天能将无名带回日本转交给利波纯一的父亲。9 月的一天，她与二十多万名"垦荒团"成员一起被中国政府遣返回国，当她背着其丈夫的骨灰盒，抱着年幼的无名，在葫芦岛登上归国的邮轮时，百感交集，禁不住流下了无奈的泪水。

让利波纯一父亲感到安慰的是，儿子在中国所生的那个叫无名的孩子，成了延续利波家族血脉的唯一后代。

不久，利波纯一也随受降部队，登上日本军舰，灰溜溜地回国了。

归国后的利波纯一情绪十分低落，他整日借酒浇愁，试图

193

忘却因日本战败而结束的这场侵略战争带给他的耻辱和绝望。战后的日本经济十分萧条，他没能找到一份稳定的可以养活他和儿子的工作。无奈之下，他只好在自己家门口的荒地上开垦出一块地，在上面种些庄稼；靠不停地打临工，勉强维持生活。好在他从中国带回的孩子——无名给了他活下去的勇气和希望，他给孩子改名为利波纯二。

利波纯二渐渐长大了，他长得很耐看，人也机灵，浑身有使不完的劲。利波纯二九岁时，凡见过他的人都用一种异样的眼光看他，他觉得这些眼光都像是在蔑视他，后来他从人们的窃窃私语中得知，他的相貌，不像日本人，倒像中国人。

上小学时，班上的同学都戏称他为"支那人"，年幼的他不知道同学们为什么这般称呼他，只是感觉到这些人的眼睛里对他投射出的是一种歧视的目光，他不知"支那人"究竟是何意。有一天，他放学回家，便询问父亲。他的父亲一本正经地说："你是日本人，是爸爸所生。"

他又问："我妈妈呢，她在哪？"

父亲沉思良久说："你有妈妈，她在中国。"

利波纯二听后，也没再问。他以为父亲是日本人，母亲自然也是，只是远在中国罢了。中国是什么地方，在哪儿？这些问题从此在他脑中时时闪现。他越长越像中国人：他的父亲个子不高，而他却长得很高，十八岁时就已长到一米八；他的父亲是长方脸，而他却是鹅蛋脸；他父亲的皮肤很黑，而他却很白净。好几次，利波纯一望着渐渐长大成人的儿子，几乎忍不住想要将实情告诉他，但话到嘴边又咽了下去。这些年，他在中国所做的种种罪恶如噩梦一般时时纠缠着他。如果他将自己在中国所犯下的罪孽开诚布公地讲给孩子听，会给孩子留下怎样的感受？所产生的后果会是怎么样？孩子会不会从此另眼看待自己？

　　他还常常梦见那个女人，梦中她那充满恐惧、愤怒、仇恨的目光在他的脑海里不断地浮现，以至于过了多年后他仍无数次从梦中惊醒，大汗淋漓且久久不能入眠。他不知道像他这样杀人无数的军人怎会出现这种情况，她只是一名普通的中国女人，而且还是个疯女人，他在这个国家参战时被他奸杀的女人不知有多少，但唯有这个女人活了下来，并且还生下了他和她的孩子。

　　在他几乎可以断定无名就是那年他强奸她后留下的种时，他的内心突然发生了变化。对于中国人的孩子，他不知杀死过多少，但轮到无名时他却下不了手。其实他并非没有动过这个念头，只要她认出他，他就杀死她，并且连同无名、其他孩子与她的丈夫一起杀死。但令他没想到的是，她始终没认出他，并且还让他给自己和无名照相。当他得知其丈夫将无名送给别的人家时，他忽然像失去了什么似的，心变得空落落的，还有点隐隐作痛。他不知道像他这样的人怎会出现这种有悖常理的事。

　　利波纯二天真地以为其母亲也是日本人，只是因为某种原因而留在了中国。父亲曾告诉他，他的母亲之所以留在中国是因为当初没办法把她带回日本。后来随着他逐渐长大，父亲就对他讲，有一天他们会去寻找他的亲生母亲。然而直到其父亲利波纯一去世，他也没能找到机会带他去中国，更不用说带他去寻找其亲生母亲了。

　　利波纯一活到了六十二岁，临终前，他把儿子叫到跟前，喘着粗气对他讲述了自己曾经作为一名日本军人在中国的经历和对中国人民所欠下的血债，以及对其母亲所做的伤害。他的讲述急促、简明扼要，并带着忏悔之意，听得儿子瞠目结舌。

随后他父亲从口袋里掏出一张照片，颤颤巍巍地递给他："这上面的女人就是你的母亲……"说罢，头一歪就去世了。

自从他从父亲嘴里得知自己的身世后，一种对异国生母的思念油然而生，每当想起父亲对母亲曾经犯下的种种罪恶，他就倍感愧疚与难过，甚至对父亲产生了强烈的愤恨。

他开始从事中国近现代文学史的研究，他想以后只要有机会就去中国，与那里的学者、专家、作家和民众等进行交流，而最主要的原因，就是要找到他的亲生母亲。此后，他在与中国人民的交往中，看到了这个民族忍辱负重和坚韧不拔的精神，这使他始终觉得其母亲还活着。他多次来中国寻找母亲均无结果，这一次他沿着父亲当年登陆的海岸线到了平湖，可惜的是，几天下来仍毫无结果，于是他趁在武思参加研讨会的机会，向与会的当地人打听他母亲的下落。

46

　　利波纯二不清楚就在他向邻座的我介绍他自己时，命运之神就像早就安排好似的，他想要找的那个人其实就是我，只是那时他和我均不知道罢了。

　　他的叙述时断时续，偶尔会看一眼坐在身边的我。他所讲述的关于他父亲与中国母亲之间所发生的那段残酷和悲惨经历，与我的继外公对我讲述的那段发生在我外婆身上的事情一模一样。他不停地叙述着，而我则一刻不停地从记忆的仓库里搜索以前所听说的那些往事，不断地与之核对，以确认他的父亲的那段经历与我的外婆的那段经历之间有没有相互契合之处。利波纯二是个很敏感的人，他从我不断变化的神色中似乎觉察到了什么，说到关键之处，他的话语戛然而止，他带着一种疑虑和疑惑的目光凝视着我，然后用流利的普通话问道："你有什么问题吗？"

　　他的询问，使我意识到自己确实有点走神了，慌忙说："没事，你继续讲。"

　　就这样，我和他在大海边整整待了一下午。温和的海风吹拂着我的长发，海浪轻轻地拍打着礁石，放眼望去，远方的天连着海，我的内心由于他的讲述而掀起巨大波澜，我几乎可以断定他的父亲和我的外婆有某种关联。在我的心里，他的父亲是个魔鬼，他奸污了我的外婆并导致她不得不生下他的孩子，那个魔鬼竟然还厚颜无耻地让其儿子前来寻找他的母亲——我的外婆。此时我的脑海里仿佛浮现出外婆被利波纯一用枪指着脑袋，并威胁说如果不从就杀死她的孩子的情形；仿佛听见外婆被利波纯一粗暴蹂躏时那种绝望的惨叫声；仿佛看到外婆因此而被亲外公无情抛弃后命运带给她的种种不公……我的心在滴血，泪水情不自禁地在眼眶里打转。我转头注视着他，眼中充满仇恨。

他困惑地望着我。

忽然，我觉得自己的举动有点过分，没有任何物证怎么可以断定他就是那个日本兵的儿子？我迫不及待地问："那张照片呢？"

他愣了一下，麻利地从上衣口袋里掏出一只皮夹，从夹层里抽出一张照片递给我。

我接过一看，大吃一惊。这是一张泛了黄的照片，我曾不止一次地见过它，上面那个女人和孩子，就是我外婆和她的孩子无名。外婆抱着他站在一棵柳树底下，悬挂的旗帜上依稀可以清晰看到"邢氏茶馆"的字样。我拿着照片的手忍不住颤抖起来，方才还神情坦然的利波纯二此刻却变得严肃起来，他带着试探性的口气问我："照片上的女人，你认识？"

我瞧了瞧他，慌忙摇摇头说："不，不认识！"

"我怎么觉得你好像认识照片上面的女人？"他又说。

"不,不！我只是觉得那女人与我熟悉的一个人长得有点像。"

"她在哪儿？"他急促地问。

我看了他一眼，故作镇定地说："记不清了。"

瞬间，他脸上流露出失望的神情。

其实这张照片我曾多次从我母亲那里见过，那是在外婆自杀后的一段时间里，母亲时常拿出来端详。她一边看一边说："照片上的那个男孩，不知道他现在怎么样？是死还是活？如果他还活着，按辈分他还是你舅舅。"

　　"我舅舅？"亏她想得出，这种人谁要让他当我的什么舅舅，我心里这么想，嘴上却没说出来。

　　我母亲看我无语，又叹了口气说："孩子是无辜的，当时你亲外公被那日本兵押着去那户人家后，孩子又被抱了回来，或许你亲外公的这一举动让那日本鬼子更加相信无名就是他的孩子了。"看我仍沉默不语，她接着说："后来那鬼子带着一对日本男女来过我家，随后无名就失踪了，你的外婆发疯似的寻找，但始终没有找到。"

　　我鼓起勇气向利波纯二索要那张照片，开始他不肯，担心我会弄丢。我说："让我母亲瞧瞧，看看她见没见过照片上的人？"

　　他听后，这才勉强答应了。

　　当我的母亲看到我递过去的这张照片时，她十分惊诧，她将它拿在手里，翻来覆去地看，然后又将自己的那张照片取出来，将它们并排放在桌上，相互比较：两张一模一样。她呼吸急促地将它们双双举起，放在灯光下仔细辨认，她困惑迷离的眼睛突然放出光来，急促地转过头望着我："这照片哪儿来的？"

　　我这才对她讲述了利波纯二对我所说的一切，以及寻找他母亲的事。母亲一听，焦急地说："怎么办？"

　　"什么怎么办？"我不解。

　　"无名，他竟然还活着！"她不相信地说。

　　"活着就活着，什么叫竟然还活着？"我说。

　　"我真不敢相信。"她说。

　　"倒也是，这么说也是他命大。"我回答。

"这么说，除我之外你外婆还有个儿子活着。"她激动地说。

"外婆的儿子？"不知怎么，我听起来觉着很别扭。

"难道不是？"她转头望着我。

"跟我们没关系。"我说。

"没关系，他不是来了吗？"她说。

我不知道母亲说这话是什么意思，或许是因为外婆留在世上的孩子只剩下她了，所以她听到世上还有另外一个外婆所生的孩子时，惊诧之余情绪难免有些激动。

"活着算是便宜了他，唉，他怎么还活着呢？"我说。

"活着就活着，干什么还来……"母亲也叹了口气。

"真搞不懂他究竟怎么想。"我愤忿不平地说，"他的父亲是个刽子手，杀死了无数的中国人，还强奸了我的外婆，他的父亲竟还有脸让他的孩子认被他奸污并侮辱的中国女人为他的母亲！"

母亲听后，一时不知该说什么。我知道此时此刻她的内心一定百感交集，五味杂陈，充满矛盾。果然她将两张照片并排放在桌上说："你以为我会认他吗？我告诉你，看到他我就会想起我的母亲被他的父亲强暴时的悲惨情景，我恨他的父亲，如果我现在看到他的父亲，我恨不得杀了他。"她由于愤怒脸变得通红。

"我会处理好这件事的。"我态度坚决地望着她。她不知道，自从我得知外婆这段苦难的经历且在她自杀身亡之后，我就对侵略过我们国家的日本侵略者有了刻骨的仇恨。为什么时至今日，日本政府作为战败国仍没有向我国人民认错和道歉？为什么他们对当年犯下的滔天罪行不但毫无忏悔之意，一部分人还以参拜靖国神社这种方式表达对当年侵略中国的战犯的敬意？

次日上午，会议宣布结束。与会的人三三两两地走出了演讲厅。利波纯二站在一棵芭蕉树下和几位专家学者道别。

我等在门口，准备向他做最后的告别。

那些人一走，他迅速走到我面前，说："向你告辞了，感谢你这些天来的照顾，陪同我参观这儿的名胜古迹，并使我了解当地的风土人情，我希望在以后的日子依然能得到你的帮助。"说话时，他的脸上始终保持着微笑。

我说："讲那些客气话干什么，你从日本来到我的家乡，作为东道主我为你做什么都是应该的。"

他听后，连连说："谢谢你，真的，很感谢你！你让我在这里度过了几天难忘的日子，你和你的家乡给我留下了深刻的印象。"

我忽然好像想起什么似的从口袋里掏出那张照片递了过去，说："差点把这忘了，这可是你的宝贝！"

他双手接过照片，如释重负地说："还真怕你弄丢了。"

我笑了笑说："上面有你的中国母亲，我哪敢弄丢。"

我的话音刚落，他就焦虑地问："她认不认识照片上的人？"

我知道，他指的是我的母亲，看着他充满期待与魂不守舍的模样，我似乎觉得不该隐瞒实情，就对他说："上面的人她没见过，但这张照片她好像在哪儿见到过。"

他眼睛一亮："她在哪里见过？"

看着他焦急模样，我回答说："具体的地点她也记不清了，怕是时间太久的缘故。"

顷刻，他流露出一丝落寞的神情。

"我走了。"他说。

"你能给我写信吗？"他又问。

"写信？噢。"我还没完全反应过来。

"回国后，我会给你写信。"他一边说一边向我行礼道别。

他走了，一切回归正常。只有母亲偶尔还会问起此事，我总是有意无意地回避。因为在我看来唯有忘了这件事，才能使我和家人平平静静地过日子。

一晃两个多月过去，我收到了利波纯二从日本寄来的信。白色的信封上红蓝相间的"航空"两字特别醒目。我拆开信封掏出里面的信纸。上面的内容不看我也能猜到，无非就是一些感谢之类的话，自然还有请我帮忙寻找他母亲的事。只有一点我没想到，他说他一看到我不知怎么就觉得似曾相识，他也说不清为什么会这样。他委托我继续帮助他寻找他的母亲，他说他知道这件事很难为我，但凭直觉他认为我会帮助他，而且只要我愿意帮忙他就有希望找到他的母亲。他还说会不停地寻找母亲，他要找到她并代自己的父亲向她赔罪；同时也要告诉她，他爱母亲，因为他是她的儿子，他想用他的后半生来替父亲赎罪并侍奉她，让她的晚年过得快乐与安宁些。

看完这封信，已值深夜。屋内静悄悄的，唯有桌上的台灯散发着淡黄色的光陪伴着我。我起身走出房间，穿过走廊，轻轻地推开母亲卧室的门，按下吊灯的开关，灯亮了，柔和的灯光下一切都是那么宁静，望着安睡的母亲我不知道该不该跟她说，她经历过那么多的事情，承受着常人无法承受的苦难与屈辱，却依然坚强地活着，她不可能忘记过去，同样也期待着未来。我无法猜测也无法体会她经历过种种往事后的心境。而我面对她过去所遭受的种种苦难，仍无法忘却与释怀，我决定不跟她说，我也不想跟她再提此事。

过了许久，我才回信。信中我没有说帮他寻找其母亲的事，更没有说出真相。我不想说是因为我压根儿就没打算说，我不知道我们之间这层关系如果确立，会对我带来什么样的结果。认了他就等于承认了我外婆被其父亲奸污的这段耻辱的历史，重新揭开伤疤露出血淋淋的真相。我该怎样去面对他父亲和我外婆的那层被扭曲的关系？又该如何去面对他与我之间即将发生的那种纠缠不清的关系？……

　　自从母亲知道无名寻找我的外婆后，时常背着我取出那张照片，仔细端详着饱受屈辱的外婆的形象和她怀中抱着的孩子。那种神情我从窗户外见过好几次，这个中的滋味常人是无法体会的。她和我是两个不同时代的人，无名的血管里同时流淌着我外婆和那个日本人的血液，对他的看法，我们两人既有相同点又有不同处。母亲经历种种艰辛与苦难后信了佛，她曾经对我说："世上一切皆为空，得饶人处且饶人，但想到你外婆与我所受的苦难，我却不知道该怎么办？"她的意思我不是不懂，但我始终认为倘若忘记了那段历史也就意味着背叛。是否要认利波纯二这事也就这样搁置了下来。

47

　　我在四十五岁那年，终于跟一个男人结了婚。在此之前，谁都认为我会疯癫下去，不可能结婚。然而我的丈夫用常人不曾有的耐心和细致，抚慰了我受过重创的心灵。他向我求婚的理由是，他看到了我对这个世界的热爱以及对人的真诚，他愿意以他的真诚和真爱来陪伴我的一生。

　　事隔一年后，我怀孕了。怀孕使我身体反应很大，起初只感到头有些晕乎乎，后来反应大到令我难以忍受，严重时连家人拉一下窗帘都不行，因为窗帘轻微的响声都会引起我呕吐。母亲见了，也没法子，说："我从来没见过反应这般严重的。"肚子里的孩子就像着了魔似的捣乱，让我心神不定，生怕他出意外，我整天躺在床上。我在幼儿园当老师，整天和四至七岁的儿童们在一起，既快乐也很轻松。家人劝我换一份工作，但我不愿意，在我看来培养孩子是最重要的，他们以后成为什么样的人关键就在于儿童时期的培养。

　　看着他们充满童真的笑脸，听着他们天真无瑕的笑声，我就觉得人生活得很有价值。

　　唯有夜深人静，外婆那张充满忧郁的脸不时在我面前显现时，我才感觉到，这似乎是外婆和她失去的那些孩子在我的内心不停地呼唤，这种呼唤令我夜不成寐，无奈之下只好披衣而起，坐到书桌前，打开电灯，提笔写作。此时我的思绪就会如潮水般不断地涌来，倾泻在纸上。

九个多月过去了。我在经历了一次阵痛后，终于明白女人怀孕与生产的不易，我给自己也给外婆留下了最期待的一个希望——孩子。

那日，秋风瑟瑟，寒意正浓，我怀抱着刚满月的儿子和我的丈夫一起，来到外婆的墓地。墓地上那棵松柏依然伫立在那儿，只是叶子早已凋落，枯枝伸展着的无数个枝杈似乎在仰天长叹。我的视线落在枯树的根部，发现下方的枯枝上竟长着几片嫩叶，枯萎之中呈现出一抹绿色。我们在她的墓前供奉上果品，摆上一壶酒，肃然默立。我用低沉的声音告知九泉之下的外婆，她已有了一个曾外孙，并随她姓，叫邢海。忽然一只苍鹰在松树上拍打着沉重的翅膀，儿子在丈夫怀中被惊醒了，"哇"地一声啼哭，惊起苍鹰，那苍鹰似乎预感到了什么，蓦然，腾空跃起，环绕着墓地盘旋了三圈，然后一声长啸，直冲云霄。我仿佛听见从遥远的苍穹传来外婆那苍老而颤抖的声音："归去来兮！"

我的心凄然一颤，俯伏在地上，泪如雨下，长跪不起。

2004 年初稿

2015 年冬修改

2016 年 12 月 25 日于海盐武原绿城花苑

后 记

自我写下这本书的第一句话，距今已经过去十四个年头。时间过得如此之快，完全出乎意料。我原以为用两年甚至更短的时间就可以写完它，但世事无常，非人力所能操控。是对这部作品的核心内容还没吃透，还是初稿写就后感到未能充分表达心中想要的东西？我想两者都有吧。反正2004年完成初稿后，我穿插撰写并出版了长篇小说《我与父亲的战争》，以及散文集《与你一起成长》《没有围墙的博物馆——海盐》等五部作品；还发表了数十篇小说、散文与评论。实际上我并没有把过多的精力集中在这部小说的创作上。

搁笔这么长时间，一直没有再修改，是因为有一种令我难以察觉的力量，让我与这部已呈雏形的作品，保持一定距离，让我再花多些时间沉淀和思索。想象力不是凭空而来的，都有称之为灵感的源泉。只不过有些想象力，是从现实出发；而有些想象力，则更多的是从逝去的人和事与内心的触碰中，产生出的一种驱动力。如何将个人与整个民族的命运，置放在抗日战争背景下，呈现那些卑微的灵魂，是我一直在思考的问题。

以这场旷日持久、可歌可泣的全民抗战为题材的作品已经不少，但就我个人的审美情趣而言，我觉得大都这方面的作品都囿于一种固定思维模式，这并非不可，但却不是我想要表达的方式，诚如一位老师所说的，"发现一种表达真理的方式，比发现真理本身还困难。"我等待重新修改这小说的过程，也是寻找的过程。虽然时间在流逝，但我知道它就像成长中的婴儿，一切人为的催熟，只能破坏它的细胞分裂、形成的过程。不知什么时候，灵光一闪，一个被遮蔽的幽暗处，突然出现了亮光，如神示，我有一种灵光闪现的感觉。这灵光的投射，是那么迟缓，但它毕竟还是来了。在我未免开始焦虑之余，那种"踏破铁鞋无觅处，得来全不费工夫"的豁然开朗，令我欣慰。在一个敞亮的空间，它向我呈现了一条内心联通外部世界的通道，我一直往前开掘，直到外婆这个形象的降临，我与之对话，她向我倾诉。

它就如一条河流，在我心中流淌，我不知道它会将我带向何方，我只是跟着外婆的叙述，揭开她在那个苦难的年代中，是如何挣扎，抗争命运的帷幕。我不敢说她是一个民族命运的缩影，但是在她身上，我看到了更多母亲的命运。在这个饱经忧患的民族遭受日本侵略者铁蹄蹂躏之时，她们毅然用不被摧折的脊梁，扛起了一个民族应有的风骨；同时，更用她们巨大的母爱，抚平大地的创伤，基于这种召唤，我开始这部小说的重新审视和创作。

本书被列入"2018 年度海盐县文化精品重点扶持项目"。

最后，我要感谢贺绍俊老师的热情支持与无私帮助，他欣然为本书作序。

王 英

2018 年 7 月 2 日

图书在版编目(CIP)数据

母爱之殇 / 王英著 . —杭州：浙江工商大学出版社，2020.4（2020.11 重印）

ISBN 978-7-5178-3773-2

Ⅰ . ①母… Ⅱ . ①王… Ⅲ . ①长篇小说－中国－当代 Ⅳ . ①I247.5

中国版本图书馆 CIP 数据核字（2020）第 040481 号

母爱之殇
MUAI ZHISHANG

王英 著

责任编辑	沈明珠	
封面设计	天 昊	
责任印制	包建辉	
出版发行	浙江工商大学出版社	
	（杭州市教工路 198 号　邮政编码 310012）	
	（E-mail:zjgsupress@163.com）	
	（网址:http://www.zjgsupress.com）	
	电话:0571-88904980,88831806(传真)	
排　版	杭州天昊文化艺术有限公司	
印　刷	杭州良诸印刷有限公司	
开　本	889mm×1194mm　1/32	
印　张	7	
字　数	158 千	
版 印 次	2020 年 4 月第 1 版　2020 年 11 月第 2 次印刷	
书　号	ISBN 978-7-5178-3773-2	
定　价	50.00 元	